KB159894

이것이다!

……

뻐락!

뻐락이다……!

방전탑의 비밀 초판본(1949) 표지

삼길이는! 꿈에서 깬 사람처럼 X눈을 떴다

그때, 삼길의 뒤에는 검은 그림자하나가 떨어져있었으니, 삼길이도 이는 물랐을
것이다. 그 그림자은 삼길이가 W·C에서 용무를 마치고 혁관으로 나갈때, 조용
히몸을 일고 삼길이의 뒤를 암행한 것이다. 그피인물(怪人物)은 삼길이가 암흑
의 바칼으로 살어질때, 혁관을 나와서 삼길이의 뒤를 따렸다. 그러나, 이피
인물은 혁관전등불밑에서 불때 분명히 여인「후지노」타이피스트 라고 하나님만
은 알고있으미라…… 그여자는 우엮히 삼길이가 W·C에 가기전에 W·C에 가서
용무를 보든중 삼길이의 이상한 암호와같은 목소리가 들렸으므로 놀내여 그는
혁관으로 달려가 수상하게 역이여 삼길이의 뒤를 암행하였던것이다.

삼길이는, 자기뒤에서 미행(尾行)하는 인물이 있X은 모르고 혁피엘모퉁이를X
돌아서 W·C부근으로 가까히 갔을때

하며 돌연히 눈앞을 가리는 검은 그림자에 눈베어 웨쳤다. 그 그림자는 역술
에 복면(覆面)을 하고 위, 아래로 시컴한 양복을 입고 손에는 무서운「피스

「앗!」하는 소리와 함께 그들은 눈을가리며 한손으로 권총을 끄저버려할때

o, 상한 휘바람소리와함께 수명의 복면한 피한(怪漢)이 바람을타고 난데없이 나타

# 너는 朝鮮사람이다

방전탑의 비밀 초판본(1949) 내지

때는

벌써 가을이 다 가고 겨울이 왔다

七、誘拐냐?　脫走냐?

삼길이는 놀랐다. 그리고 발을 딛추고 빌창년어로

「누구　?……」

하고 삼길이도 역시 그럼면 조선말로 웨쳤당 그랬며니 누구인지

「쉭! 당신이 삼길씨지요?」

하고 물며니맣.

「삼길씨!……위험하니 빨리 이리 나오시요 조용히……」

하고는 아무말이 없닿 삼길이는 집이낯당

「로대체 누굴교?」

「나가볼까?……나가지말까?……웬일일교……」

하고 생각하다가

「에이!라우깐 나가서 누구인지 알어나 보자……」

「삼길씨! 삼길씨!……응」

104

# 지하실마굴의 비밀

(水豊) 발전소를 비롯하여、허천강(虛川江) 장진강(長津江) 부전강(赴戰江) 발전

소、또는 만주의 길림(吉林)에 있는 대풍만발전소(大豊滿發電所)、 기타 무순

(撫順)에 있는 화력발전소(火力發電所) 등을 합하면 물경(勿驚) ○○○萬KW

볼 초파할 발전능력(發電能力)을 가지고 있다。 그러니 이 전력을 동시에 접중〇集

中)시키려면 각 발전소의 중심지를 책택(採擇)하여、 거기에다 방전국(放電局)?

을 건설하자!……그리고、각 발전소에서 이「방전국」까지는 이 지하(地下)로 총전

線게하고、유사시(有事時)는 이「방전국」에서「신·

호스윗치」만 누르면 각 발전소에서는 이제까지 송전하던 전력을 끊고、이「방

전국」으로「절체송전(切替送電)」하게 한다。 그리면 일순간에 전국(全國)은 등화

관제(燈火管制)가 될뿐아니리 이전력은 전부가「방전국」으로 접중(集中)되어

몇택만KW의 전력을 순간적으로 열을수가 있다。

二、전압(電壓)을 어떻게하여 ○○○만KW까지 올리느냐?

현재 수공발전소에서 평양(平壤)、진남포(鎭南浦)로、또 허천강발전소에서 흥

「오― 이 꿈이야말로 나의 앞날에 광명과 영광을 주는 하나님의 선동인가 보

다……이 꿈대로만 하면 반드시 성공한다……。」

「다ー마루」(大馬路) 의 거리를 질주하고 있다。

2、 ○○만 Kw 의 전압(電壓)이 필요할것。

3、 파장(波長)이 ○「메ー터ー」이하인 초초단파(超超短波)를 만들것。

4、 전파(電波)를 입체각(立體角)으로 전개(展開)하여、임의(任意)의 「스릿 드」를 만들어 방사(放射)할것。

5、 전파(電波)는 대류권(對流圈)내(지상에서 一三키로메ー터ー)까지는 순간적이고 강력한 전기「에네기ー」를 찾게할것。

……등이었다。

× × ×

이리하여 이문제를 실질상(實質上)으로、또는 기술상(技術上)으로 가능(可能)하게 설계(設計)할수 있을까?를 생각하여 보았다。삼길이는 여러가지로 연구한 결과 이 五문제에 대하여 다음과같이 생각하여 보았다。

一、전력문제(電力問題)는 어떻게 해결할것인가?

동양지도 東洋地圖를 펴놓고、백두산(白頭山)에다 「컴퍼스」의 다리를 대고 왜놈들이? 아―니 우리동포다……설마 죽이던않을테지…….

그는 다시한번 「녹크」를 하였다。

한국근대대중문학총서 **틈**

〈한국근대대중문학총서 틈〉은 한국근대대중소설의 커다란 흐름, 그 틈새에서 잘 알려지지 않은 소설을 발굴합니다. 당대에 보기 힘들었던 과감한 작품들을 통해 우리의 장르 서사가 동트기 시작하는 모습을 볼 수 있습니다. 한국 문학의 새로운 지평을 서서히 밝히는 이 가능성의 세계를 즐겨주시기 바랍니다.

## 한국근대대중문학총서를
## 발간하며

한반도에서 한국어를 사용하며 살아가는 우리는 언어공동체이면서 독서공동체이기도 하다. 김유정의 「동백꽃」이나 김소월의 「진달래꽃」과 같은 한국근대문학의 명작들은 독서공동체로서 우리가 기억해야 할 자산들이다. 우리는 같은 작품을 읽으며 유사한 감성과 정서의 바탕을 형성해왔다. 그런데 한편 생각해 보면 우리 독서공동체를 묶기가 그렇게 간단하지만은 않다. 누군가는 『만세전』이나 『현대영미시선』 같은 책을 읽기도 했겠지만 또 다른 누군가는 장터거리에서 『옥중화』나 『장한몽』처럼 표지는 울긋불긋한 그림들로 장식되어 있고 책을 펴면 속의 글자가 커다랗게 인쇄된 책을 사서 읽기도 했다. 공부깨나 한 사람들이 워즈워드를 말하고 괴테를 말했다면 많은 민중들은 이수일과 심순애의 사랑싸움에 울고 웃었다.

　한국근대문학관에서 근대대중소설총서를 기획한 것은 이처럼 우리 독서공동체가 단순하지 않았다는 점에 착안했다. 본격 소설도 아니고 그렇다고 '춘향전'이나 '심청전'류의 고소설이나 장터의 딱지본 소설도 아닌 소설들이 또 하나의 부류를 이루고 있었다. 이는 문학관의 실물자료들이 증명한다. 한국근대문학관의 수

장고에는 근대계몽기 이후부터 한국전쟁 무렵까지로 한정해 놓고 보더라도 꽤 많은 문학 자료가 보관되어 있다. 염상섭의 『만세전』이나 윤동주의 『하늘과 바람과 별과 시』처럼 한국문학을 빛낸 명작들의 출간 당시의 판본, 잡지와 신문에 연재된 소설의 스크랩본들도 많다. 그런데 그중에는 우리 문학사에서 한 번도 거론되지 않았던 소설책들도 적지 않다. 전혀 알려지지 않은 낯선 작가의 작품도 있고 유명한 작가의 작품도 있다. 대개가 그동안 잘 알려지지 않았던 작품들이다. 본격 문학으로 보기 어려운 이 소설들은 문학사에서는 제대로 다뤄지지 않았던 것들이다.

한국근대문학관에서는 이런 자료들 가운데 그래도 오늘날 독자들에게 소개할 만한 것을 가려 재출간함으로써 그동안 잊고 있었던 우리 근대문학사의 빈 공간을 채워넣으려 한다. 근대 독서공동체의 모습이 이를 통해 조금 더 실체적으로 드러나기를 기대한다.

다만 이번에 기획한 총서는 기존의 여타 시리즈와 다르게 작품의 내용을 이해하기 쉽게 하자는 것을 주된 편집 원칙으로 삼는다. 주석을 조금 더 친절하게 붙이고 작품의 배경이 되는 시대를 이해하는 데 도움을 주기 위해 다양한 참고 도판을 충분히 활용하는 것이 한국근대대중문학총서의 발행 의도와 방향을 잘 보여준다. 책의 선정과 해제, 주석 작업은 전문가로 구성된 기획편집위원회가 주도한다.

어차피 근대는 시각(視覺)의 시대이기도 하다. 읽는 문학에서 읽고 보는 문학으로 전환하여 이 총서를 통해 근대 대중문화의 한 양상을 체험할 수 있도록 하자는 것이 기획의 취지이다. 일정한 볼륨을 갖출 때까지 지속적이고도 정기적으로 출간할 예정이다. 앞으로 많은 관심과 애정을 부탁드린다.

인천문화재단 한국근대문학관

한국근대대중문학총서 틈 01        이봉권 소설

# 방전탑의 비밀

기획   인천문화재단 한국근대문학관        홍시

- 이봉권의 〈방전탑의 비밀〉은 '과학탐정소설'이라는 명칭으로 1949년 호남문화사에서 처음 출간되었다.

- 〈방전탑의 비밀〉은 1952년 대지사에서 제3판, 1961년 아동문화사에서 〈(일정 시의) 비밀의 폭로〉라는 표제로 다시 출간되었다. 1961년판의 저자는 표지에 이봉권, 판권란에 방인근으로 각각 다르게 명기되었다.

- 이봉권에 대해서는 알려진 바가 없다. 호남문화사, 대지사, 아동문화사 모두 방인근의 여타 저작을 출간한 바 있기 때문에 방인근이 실제 저자일 가능성이 높지만 아직 확정하기 어렵다. 또 이봉권과 방인근 모두 유족이 확인되지 않은 상태다. 저자가 밝혀지는 대로 정당한 저작권 협의에 즉시 임하겠다.

- 이 책은 작품의 작의나 분위기를 해치지 않는 선에서 지금의 맞춤법을 최대한 따랐다. 불필요한 문장부호와 원문의 착오를 바로잡았으며, 외국 고유명사는 지금의 어문 규정에 따라 표기했다.

이 소설은 나의 창작이며 또한 조선의 꿈이요 비밀일 것이다. 나는 나의 과거의 비밀을 공개하려 하며 또한 나의 비밀을 보존하련다. 과학자는 언제나 미친 사람 같다. 그리고 몽상가다. 그러나 진실로 과학을 애호하며 과학을 탐구하려거든 오로지 몽상가가 되라! 그리고 그 몽상은 반드시 미구한 장래에 실현할 수 있는 꿈일 것이다. 우리 배달민족은 아직도 과학하는 마음이 적다. 과학자로서 과학을 보급시키며 실천하려매 나는 과학 아닌 과학으로써 꿈 얘기를 하련다. 그러나 황당무계한 망상이 아니고 경험과 실천을 통한 과학소설임을 단언한다.

　이 소설에 다소라도 흥미가 있고 무엇인가를 깨닫거든 새로운 대한민국에 꿈나라를 건설하라!

　이 소설의 주인공 삼길이는 조선의 피를 받고 탄생하였으나 그는 왜정 시대[1])의 침략 하에 13대나 계승하였던 유산과 족보를 버리고 18세 되는 봄에 청운의 뜻을 품고 만주로 뛰어갔다. 그 삼길이가 모 공과대학을 졸업한 후 만주 관동군 정보본부 지하실 마굴에 유괴당하여 무슨 비밀을 탐지하였으며 또한 무슨 위험과 압박을 당하며 무슨 비밀 설계를 하려고 하였던가? 왜군들의 최대

공포는 공습이었다. 그리고 원자탄이었다. 이 공습은 비단 왜군들의 공포와 전율에 그칠 것인가? 방공 병기의 발명은 해방 전후를 통하여 세계 과학자들의 최대의 흥미와 관심의 초점일 것이다. 내가 발명한 '방전탑(放電塔)'이 만일 학계에 등장하고 또한 우리 대한민국에 건설될 때 이 소설의 목적과 임무는 달성될 것이다. 이 방전탑이 망상일까? 그 학술적인, 또한 설계 내용은 이 소설에 생략한다. 그리고 이 비밀 설계도는 독자 제현의 현명하신 판단에 일임하고 이 극비밀을 소개하며 삼길이의 활약을 기대한다.

때는 벌써 조선에도 대한민국이 탄생하였으며 UN 총회에서 국제적 승인까지 얻어 빛나는 반만년 역사를 계승하여 웅장하게도 만방 무비(無比)[2]한 국가로서 발전하고 있다. 한편 국방부에서도 육해공군의 진용을 강화하여 국방은 만단[3] 광휘찬연하게 빛나고 앞날의 삼팔선 철폐와 남북통일을 약속하고 있는 요즈음이 국가가 반드시 삼길이의 몽상을 실현시켜 줄 날을 꿈꾸며 감격의 붓을 잡으려 한다.

단기[4] 4282년(1949) 8월 1일
저자 지(識)

1) 일제강점기(1910~1945).
2) 매우 뛰어나 비교할 데가 없는.
3) 여러 가지, 온갖.
4) 단기(檀紀): 단군왕검이 고조선을 세운 B. C. 2333년을 원년으로 하는 연호. 1948년 대한민국 정부 수립 당시 공용 연호로 채택되었다가 1962년 폐지.

주
요
등
장
인
물

- 삼길(三吉)
  조선의 청년 과학자

- 아마카스 마사히코(甘粕正彦) 이사장
  만영회사(滿映會社) 이사장이며 과거에는 일본 헌병 대위

- 이노우에 주야(井上忠也)
  T 학원 원장이며 일본 육군 중장

- 하마모토 다쓰조(濱本達三) 주임
  만영회사 과학연구소 주임이며 일본 육군 공병 소좌5)

- 후지노 나오코(藤野直子)
  만영회사 과학연구소 타이피스트

- 도이하라 겐지(土肥原賢二) 대좌6)
  지하실 마굴의 주인공이며 관동군7) 정보사령관

- 마사키 준코(眞佐木順子)
  아마카스 이사장 비서

- 후지노(藤野) 헌병대장

  관동군 헌병 소좌이며 후지노 나오코의 부친

- 사토(佐藤) 소위

  관동군 제2과 정보장교

- 강복순(姜福順)

  대한비밀결사단의 수괴로 XY27의 주인공

- 강용갑(姜龍甲)

  그와 남매간으로 XY26인 비밀결사단원

- 강팔성(姜八聲)

  한일합병 당시 만주로 망명한 조선의 혁명 투사

- 사이토(齊藤) 중위

  관동군 공병 중위이며 병기 연구관

5) 소좌(少佐): 제2차 세계대전 때까지 일본에서 '소령'을 이르던 말.
6) 대좌(大佐): 제2차 세계대전 때까지 일본에서 '대령'을 이르던 말.
7) 제2차 세계대전 말까지 만주에 주둔했던 일본 육군부대.

# 1 너는 조선 사람이다

삼길이는 지금 카키색의 협화복[8]을 입고, 만주국[9] 신징[10] 만영회사[11] 3층 이사장실 도어 앞에 당황히 서 있었다. 노크를 몇 번이나 하여도 안에서는 아무 응답이 없었다. 그는 다시 한 번 노크를 하였다. 그때사 안에서 도어를 열어 주는 소리가 나더니 십칠팔 세가량 되어 보이는 어여쁜 일본 처녀가 나온다.

"어디서 오셨어요?"

"네, 저는 바로 9월 29일에 T 학원을 졸업한 삼길이란 사람이오. 그런데 귀 회사에 부임하라는 명령을 받고 이사장께 부임 인사차 왔습니다."

하고 삼길이는 단정하게 말하였다.

---

8) 협화복(協和服): 군복에 가깝게 만든 국민복의 일종으로 만주국의 표준 제복.
9) 만주국(1932~1945): 1931년 만주사변 후 중국 북동지방을 점거한 일본 관동군이 세운 국가.
10) 신징(新京): 만주국 수도. 지금의 창춘(長春).
11) 만영(滿映)회사: 만주영화협회(滿洲映畫協會). 만주국 정부와 남만주철도회사가 출자하여 설립한 국책 영화사.

그 처녀는 자못 얼굴을 붉히며

"네, 그러세요. 지금 이사장께서는 손님과 계십니다. 이리로 들어오셔서 잠깐만 기다려 주세요."

하고 자기가 앉았던 의자를 내밀어 준다.

"괜찮습니다……. 그러면 실례하겠습니다."

하고 그 의자를 당기어 하라는 대로 앉아서 기다렸다. 삼길이는 이 어여쁜 처녀가 아마 이사장의 비서가 아닌가 생각하였다.

그 처녀는 옆에 달린 도어를 두어 번 노크하더니 안의 응답을 기다릴 필요도 없는 듯이 그대로 안으로 들어간다. 한참 후에 어느 손님인지 도어를 열고 마도로스파이프를 입에다 물고 나온다. 그 뒤에 곧이어 그 처녀가 미소를 띠며 따라 나온다. 삼길이는 무의식적으로 의자에서 일어나 손님이 나갈 때까지 서서 있었다. 손님이 나간 뒤에 그 처녀는

"대단히 오랫동안 기다리시게 하여 미안합니다. 어서 이리 오세요."

하고 앞서서 이사장실로 안내를 한다. 삼길이는 복장을 한번 살펴보곤 그의 뒤를 따랐다.

———

삼길이는 국민학교에서부터 대학을 졸업할 때까지 근 20년

가까이 되는 학생 생활을 떠나 사회 생활의 첫걸음을 이 이국땅에서 출발함에 무한한 애수를 느꼈다. 그러나 그는 신징에서도 제일 화려한 만영회사로 부임하라는 명령을 받았던 것이다. 이 회사에 취직하는 데 대해서는 삼길이는 약간 불만이 없지 않았다. 그러나 그 회사가 삼길이로 하여금 위대한 운명의 기로가 될 줄이야 어이 신이 아닌 이상 그 누가 알 수 있었으랴!

––––––––––––––

삼길이는 이 회사의 현관을 들어올 때 T 학원 원장 이노우에 각하의 개인적 훈시가 머리에 떠올랐다. 이 T 학원 원장은 일본에서도 유명한 이노우에 주야 육군 중장이었다.

"너는 만영회사에 부임하라. 이 회사는 네가 가 보면 알리라. 그리고 너는 조선 출신의 학생임을 자각하라. 특히 조선 출신 학생 8명 중에서 특수회사에 취직하는 학생은 너 하나뿐이다. 그 회사에는 나의 친구가 이사장으로 있으니 너의 장래는 잘 보아줄 것이다. 너는 비록 조선 출신이라 할지라도 '황국 신민'이다! 그리고 '일본 사람'이다! 이를 깊이깊이 명심하라……."

12) 일제강점기에 행정과와 사법과 고등관을 선발하기 위해 실시한 자격시험으로 1940년대에 외교과 추가.
13) 대동아공영권(大東亞共榮圈): 1940년 일본이 국책으로 '대동아 신질서 건설'을 내세우며 동아시아·동남아시아를 묶어 일컬은 말.

———————

삼길이는 만주에서 공과대학을 졸업한 후 만주국 고등문관시험[12]에 합격하여 대동아 권내[13]에서는 최고 학부인 T학원에서 1년간을 기술 연구에 몰두하여 졸업하였다. 그러나 결국은 왜놈들의 주구가 되고 말 것인가? '황국 신민'이란 감투를 쓰고 말 것인가? 하는 생각 등 여러 가지로 갈피를 못 잡았으나 이 만영회사는 일본인만을 채용하고 조선 사람은 채용한 일이 없다는 말도 동무에게 들은 일이 있어서 아무리 생각하여도 만영회사라 하면 인상이 좋지 못하였다.

———————

삼길이는 자기의 복장을 다시 한 번 살피고는 아름다운 그 처녀의 안내로 이사장실로 들어갔다. 이사장실은 과연 화려하였다. 테이블 위에는 자동식 호출신호 전화가 놓여 있으며, 한쪽 벽에는 불란서 화단에서 유명한 망코프의 〈보헤미안〉이란 그림이 걸려 있고, 서편 유리창 너머로 발코니가 보이는 쪽에는 클래식한 라파엘로의 〈마돈나〉의 사진이 걸려 있으며, 마루 위에는 구둣발 소리도 안 나는 양식 카펫이 깔려 있었다. 그리고 천장에는 상들리에 전등이 오전 10시가 지난 백주에도 현란하게 비치고 있었다.

삼길이는 생전 처음으로 이러한 화려하고 현란한 실내에 들어온 것이다. 그러나 가장 태연스러운 태도로 이사장 테이블 앞에 머리를 좀 수그리고 두어 발 걸어가서 인사를 하였다.

"저는 T 학원 졸업생 삼길이라 합니다. 귀 회사에 부임하라는 명령을 받고 지금 왔습니다. 삼가 신고하나이다."

하고 유창한 일본말로 외치며 이사장의 얼굴을 보았다.

'앗! 아마카스다!'[14]

삼길이는 놀라며 다시 한 번 그 얼굴을 쳐다보았다.

그 얼굴은 너무나도 유명한 아마카스 헌병 대위의 얼굴과 꼭 같았기 때문에……

'이놈이 바로 그 악독한 역사를 가진 아마카스라면?'

하고 삼길이는 그의 과거를 생각하여 보았다.

———————

일본이 대동아 침략의 독아(毒牙)를 맨 처음 이 넓은 만주 땅에다 갈던 서기 1931년 9월 소위 그네들이 부르던 '만주사변'[15]이 발발하였다. 이 만주사변이 일어나기 직전 일본

14) 아마카스 마사히코(1891~1945): 헌병대 출신의 군인으로 만주국 수뇌부의 핵심 실세이며, 1939년 만주영화협회 제2대 이사장에 취임한 실존 인물. 1923년 간토대지진 당시 아나키스트 오스기 사카에와 그의 아내, 어린 조카를 잔혹하게 살해한 '아마카스 사건'으로 악명을 떨쳤다.
15) 1931년 9월 시작된 일본의 만주침략전쟁. 이 전쟁을 계기로 1932년 3월 1일 만주국이 수립되었다.

• 만주 만영회사
• 아마카스 마사히코

에서는 쌀 소동[16]이 일어났으며, 또 유명한 5 · 15 사건[17]이 일어났다. 이 사건에 가담한 사람이 있었으니 그는 곧 이 아마카스 헌병 대위였다. 일본에서 만주로 튀어나와 관동군 특무기관에 들어가 일본을 배반하는 만주 사람과 조선에서 한일합병 당시에 망명하여 독립운동의 지하공작을 하였던 조선 혁명 투사들을 잡아다가 무참하고도 잔인한 죽음을 시킨 것 또한 이 아마카스 헌병 대위였다. 그놈의 손에 넘어진 무구한 조선 동포들만 해도 수십 명이 넘었다.

---

삼길이는 그놈의 역사를 너무나도 잘 알고 있었다. 그러나 지금 현재 삼길이의 눈앞에 앉아 있는 그 인물은 분명한 아마카스 헌병 대위가 아니고 누구냐! 삼길이는 자기 눈을 의심하였다.

'이 아마카스가 이사장? 이상한 일도 있다. 그 잔인하고 악독한 놈이 이러한 문화 기관의 책임자가 되다니……? 하여튼 이 회사는 흥미 있는 회사다.'

삼길이는 혼자서 이렇게 생각하며 의심하였다. 아마카스는 드디어 입을 열었다.

"오! 군이 바로 삼길인가? 잘 왔네. 그렇지 않아도 일전

16) 1918년 쌀값 폭등에 항의해 일본 전국으로 확산된 소요 사태.
17) 1932년 5월 15일 일본 해군 급진파 청년 장교와 사관후보생들이 수상 관저를 습격하여 이누카이 쓰요시(犬養毅) 수상을 암살한 테러 사건.

에 T 학원 원장을 만나서 군의 얘기는 잘 들었네. 그런데 한 가지, 우리 회사는 지금까지 조선 사람 간부 직원을 채용한 일이 없는데 이번에 특별히 T 학원 원장 추천으로 우리 회사에 오게 되니 나는 군에게 큰 기대를 가지고 있네. 그리고 또한 무엇보다도 군은 조선 사람이란 개념을 버려 주어야 하겠네. 이 점을 나에게 약속할 수가 있을까? 하하, 나도 군을 볼 때 조선 사람이라고 생각지 않음세."

하고 눈초리를 삼길이의 얼굴에 아니꼽게 쏘며 껄껄 웃으면서 말하는 아마카스는 너무나도 대담하고 얄미웠다.

이 아마카스는 조선 사람이라고는 특히 싫어하는 사람이고 또한 몇 년 전까지도 아무 죄도 없는 우리 재만(在滿) 동포들을 헌병대에 잡아다가 일본을 배반하는 불순분자라 하여 무참한 죽음과 굴욕을 주었던 이다. 그가 이제 와서 또 '조선 사람이란 개념을 버려라!' 하는 말을 들을 때 삼길이는

'그렇다! 나는 조선 사람이다! 이러한 창피와 굴욕을 당해 가면서 왜놈들의 주구가 되는 것보다 차라리 내 고향 산천으로 돌아갈 것을⋯⋯.'

하는 생각도 찰나에 일어났었다. 그러나

'참아라! 그리고 이 회사가 무엇을 하는 회사인가를 아는 것도 무의미한 일은 아닐 것이다. 좌우간 왜놈의 투구를 쓰고 이 회사에 있어 보자.'

하는 생각이 또한 호기심과 아울러 일어났다. 잠시 침묵

을 지키고 있던 삼길이는 이사장의 말에 대답하였다.

"잘 알았습니다! 저는 영광스러운 일본 황국 신민이요, 조선 사람이란 개념을 버리고 충실히 일을 하겠습니다."

하고 외치니

"하하."

하고 무기미하게[18] 웃는 이사장.

"나는 군의 말을 듣고 대단히 만족하네."

하며 그는 테이블 위에 장치한 호출신호 버튼을 누른다. 얼마 후에 도어가 열리며 협화복을 입은 40세가량 되어 보이는 신사 하나가 공손한 태도로 들어온다.

"이사장! 저를 부르셨습니까?"

하고 옆에 있던 소파 의자에 앉는다.

"음! 다름이 아니라 여기에 서 있는 청년을 소개하네."

하며 삼길이에게로 시선을 옮긴다. 삼길이는 그 신사에게 인사를 하였다. 그 신사는 삼길이의 인사에 답례하며

"당신이 이번에 T 학원에서 오신 삼길 씨요?"

하고 묻는다.

"네! 그렇습니다."

하고 대답하며 그 신사를 보았다.

"나는 이 회사의 인사과장이오."

하며 자리에서 일어나더니 오른손에 가지고 있던 무슨 하얀 종이를 이사장 테이블 앞에다 놓는다. 이사장은 삼길

---

18) ぶきみ[不気味・無気味]. '기분 나쁜, 까닭 없이 무서운'이라는 뜻의 일본말.

32

이를 불러 세우고

　"이것은 우리 회사 사령장(辭令狀)이다. 지금부터 여기에 계신 인사과장과 같이 가서 제반 입사 수속을 하라."

　하고 분부하며 그 사령장을 내주고는 담배를 꺼내어 피운다.

　그리하여 삼길이는 그 인사과장을 따라서 이사장실을 나갔다.

―――――――――

이리하여 삼길이는 만영회사의 사원이 되었으며 영화과학 연구소 연구원으로 사택까지 얻어서 그날그날을 지낸 지도 벌써 두 달이 지난 어느 날이었다.

## 2  지하실 마굴의 비밀

때는 벌써 가을이 다 가고 겨울이 왔다. 만주에서는 11월 초순이면 눈이 내린다. 오늘도 삼길이는 눈 내리는 아침 털외투를 입고 요시노마치(吉野町) 전차 정류장에서 전차를 탔다. 만영회사는 신징 시내에서 떨어진 고기가이(洪熙街)라는 교외에 있었기 때문에 삼길이는 매일매일 전차로 통근하였다. 오늘도 전차 속은 초만원이었다. 약 20분간을 흔들리며 신징 시내를 지나 고기가이 정류장에서 전차를 내리고 회사로 들어가려 할 때 뒤에서 누가

"삼길 씨! 삼길 씨!"

하고 달려오며 삼길이를 부르는 소리가 난다. 삼길이는 걸음을 멈추고 뒤를 돌아다보았다. 달려오는 사람은 같은 사무실에 있는 타이피스트 후지노 나오코라는 금년 열아홉 살의 일본 처녀였다.

그는 신징 모 고등여학교[19]를 졸업하고 타이피스트가 되어 2년간이나 이 회사에 다니는 것이다. 삼길이는 이 회

사에 취직한 지 두 달 남짓밖에 안 되는 까닭에 아는 사람이라고는 별로 없었다. 더욱이나 '조선 사람'이란 레테르[20]가 붙은 삼길이는 일본인과 똑같은 대우를 받는다 할지라도 마음에 거리낌이 있었다. 같은 사무실에서도 연구 주임 하마모토밖에는 이야기할 사람도 없었다. 그러한 적막한 환경인지라 그 후지노란 처녀는 눈의 위안이 되었다. 별로 말도 안 하여 보았으나 미인이고 근대적 이지(理智)를 가진 처녀처럼 보였다. 아직도 낯선 후지노가 돌연히 삼길이의 이름을 부르며 달려오더니 영문도 모르는 삼길이의 얼굴을 우러러보며

"삼길 씨! 오늘은 좀 빨리 오셨어요, 호호."

하고 애교 있는 웃음을 웃으며

"저, 하마모토 주임 댁을 아세요? 요전에 주임이 말씀하시기를 한 번도 삼길 씨가 찾아오지 않는다고 섭섭히 생각하시는 게 아니겠어요. 그래, 저는 '아마도 아직 회사 내용을 자세히 모르시니까 무리가 아니겠지요.' 하고 대답은 하였지만…… 한번 찾아가 보세요, 네?"

하고 매우 섭섭한 모양으로 말을 하며 걷는다.

"네, 글쎄올시다! 대단히 미안하게 되었구먼요, 그런데, 참! 후지노 상! 어제 말씀드린 타이프 원고는 오늘 되겠지요? 주임이 연구 보고서를 재촉하니까요."

---

19) 대한제국 말부터 일제강점기까지 설립되었던 여성중등교육기관.
20) 레테르(letter): 네덜란드어로 '라벨'. '이면 인물에 대한 평가'를 뜻하는 말.

하고 삼길이는 말하였다.

"네, 오늘은 꼭 해 드리겠습니다. 그런데 삼길 씨!"

하고 부르더니 아무 말이 없이 걸어간다.

"뭐요?"

하고 삼길이는 한참 걷다가 반문하였다.

"삼길 씨는 고향이 조선이라죠? 저도 조선에서 태어났고 서울(京城)을 떠난 지 5년밖에 안 되었어요. 그래, 조선이 내 고향만 같고요. 지금도 서울에 가 보고 싶어요……."

그는 감개무량한 듯이 말을 하며 걷는다.

그러는 동안에 회사 정문을 지나서 현관으로 들어가 엘리베이터를 타고 3층에 있는 사무실에 들어갔다. 아직도 출근 시간이 30분이나 남았는데 하마모토 주임은 벌써 의자에 앉아 있었다.

"오하요."[21]

하고 어쩐지 오늘은 반가운 얼굴을 하면서 먼저 삼길이가 들어오는데 아침 인사를 건넨다. 삼길이는 외투를 벗어서 못에 걸며

"밤새 안녕하세요? 그런데 오늘은 주임께서 대단히 기분이 좋으신 모양이십니다그려. 무슨 좋은 일이나 계셨나요?"

하고는 의자에 앉아서 어제 하다 남은 서류를 끄집어내

---

21) 아침 인사로 쓰는 일본말.
22) 우파영화사(UFA, Universum Film Aktiengesellschaft): 1917년에 설립된 독일 최대의 영화사. 1920년대 할리우드의 경쟁자로 부상하며 세계 영화계에 큰 영향을 끼쳤다. 1933년 나치 정권 하에서 선전영화를 제작했다.

었다.

"음! 오늘은 11월 23일인데 무슨 좋은 일이 있겠나? 참, 삼길 군, 오늘은 자네에게 위안을 좀 시켜 줄까 하는 데…… 제1시사실에서 오늘 오전 10시부터 독일 우파영화사[22) 제작품으로 된 〈방전(放電)과 전쟁〉이란 과학영화 시사회가 있겠는데 가서 구경하고 오지. 그리고 오후 3시쯤 해서 할 말이 있으니 좀 만나주게."

하더니 무슨 급한 일이 있는지 담배를 물고는 어디론지 나가 버린다.

삼길이는 책상 위에 서류를 펴 놓았으나 도무지 마음이 이상해져서 사무 능률이 올라가지를 않는다.

타이프라이터를 찍고 있던 후지노가 옆으로 오더니

"삼길 씨! 저도 같이 구경할까요?"

하고 묻는다.

"글쎄요……. 마음대로 하시지요."

하고 힘없이 대답은 하였으나 삼길이의 마음은 어떠한 의혹과 불안에 싸였다.

'오늘은 까닭도 없이 나보고 위안을 준다 하며 무슨 할 말이 있는고?'

깨달을 수 없는 이상한 처사에 거듭 마음만 불안해진다. 겨우 연구 보고서 나머지를 정리하고 있으니 10시가 다 되었다. 삼길이는 타이피스트인 후지노를 앞세우고 아래층에 있는 제1시사실에 들어갔다. 아직 영화는 시작되지 않

• 독일 우파(UFA) 영화사 포스터

앉으나 좌석에는 이사장 이하 상영부장, 제작부장, 연구소 소장, 검열관 등이 참석한 가운데 만영에서 제일 유명한 스타 리샹란(李香蘭)[23]의 얼굴도 보였다.

구경하는 사람은 약 40명가량 되어 보인다.

영화 내용을 상영부장이 설명한 다음 영화가 상영되었다. 과연 독일은 과학의 나라다.

방전하는 장치를 연구하고 있는 그 설비와 공장에서 일하는 노동자들의 질서! 그리고 전쟁 뉴스……. 그 영화를 통하여 삼길이는 독일 국민이 얼마나 과학에 대하여 힘쓰고 있는가를 엿볼 수가 있었다. 두 시간이나 계속하여 영화는 상영되었다.

삼길이는 어떠한 충동을 느끼며 식당으로 점심을 먹으러 들어갔다. 그 뒤를 곧 이어서 후지노가 웃으며 따라 들어온다. 그리고 삼길이가 앉은 식탁 의자에 같이 앉으며

"삼길 씨! 같이 점심 먹읍시다! 오늘은 제가 '한턱'내지요. 그런데 삼길 씨는 공학사시라죠? 과학의 힘! 아아, 저는 과학자가 대단히 부러워요, 호호."

하며 식당 보이를 부르더니 런치와 핫 밀크를 주문한다. 후지노도 아마 그 영화를 통하여 과학의 힘이 위대함을 깨달았는지 얼굴이 흥분되어 약간 붉다. 그리고 오늘은 어쩐 일인지 아침부터 삼길이만 따라다니려고 애를 쓰는 모양

23) 리샹란(1920~2014): 본명은 야마구치 요시코(山口淑子). 만주에서 태어나 활동한 인기 가수이자 영화배우로, 패전 후 일본에서 영화배우, 방송인, 정치가로 활동.

이다. 삼길이도 그가 일본 여성이며 또한 같은 직장에서 일하는 사무원이라는 정도의 태연한 마음에도 상대자가 이성이고 아름다운 처녀이기 때문에 친절히 하며 애교를 부릴 때마다 이상한 쇼크를 느끼는 것이었다.

"후지노 상! 오늘은 웬일인지 제 이름만 부르시는 것 같습니다그려, 하하."

하고 농담 비슷하게 말하며 한번 웃어 보았다.

"호호, 삼길 씨도……. 별말씀을 다 하세요. 그런 말씀만 하시면 이후는 아무 말도 않을 테에요. 아이참! 오늘 오후 3시에 주임이 만나 뵙자고 하시더군요? 무슨 일일까?"

하고 혼자서 중얼거린다.

그러자 보이가 주문한 식사품을 가지고 들어왔다. 삼길이는 아무 말도 없이 런치를 먹고 밀크를 마셨다. 그리고 그는

"대단히 잘 먹었습니다."

하고 이를 쑤시며 상대자의 식사가 끝나기를 기다렸다. 둘이서 식후에 4층 베란다 위로 올라갔다. 영하 15도라는 추운 날이었다. 하늘에는 검은 구름이 끼고 하얀 눈은 여전히 한 송이 두 송이씩 머리 위에 떨어진다. 눈 내리는 베란다 위에서 신징 시내를 바라다보며 그 여자는 무엇을 생각하는지 넋을 잃은 사람처럼 서 있다. 한참 동안 묵묵히 서 있던 삼길이는

"후지노 상……. 이번에 일본이 대동아를 지배한다면 후

지노 상은 어디로 가서 사시겠습니까?"

"호호, 저는요, 외딸이니까 일본 '내지(內地)'[24]로 도로 가고 싶어요. 삼길 씨도 조선으로 가고 싶지 않아요?"

"글쎄요……. 저는 만주가 좋아요. 내 고향 같은 생각만 나는군요, 하하."

이런 이야기를 하고 있으니 오후 사무 개시 사이렌 소리가 요란스럽게 울려온다. 둘이는 베란다에서 내려와 사무실로 들어갔다.

오후 3시쯤 하여 하마모토 주임이 도어를 열고 들어오더니

"아침결에 대륙과학원에 갔다가 이제야 오는데……. 삼길 군! 영화는 보았나?"

하면서 눈 맞은 털외투를 벗어 건다.

"네! 잘 보았습니다. 아주 재미있던데요. 독일의 과학 수준은 과연 세계 제일가는 것 같은데요?"

"음! 일본도 독일하고는 동맹국이니까 많은 도움이 되겠지. 그러나 일본은 아직도 연구 분야가 넓으니까 지금부터 세계 수준에 오를 때가 있겠지."

하는 하마모토 주임의 표정은 엄숙하였다.

"아참! 삼길 군! 잠깐만 날 좀 따라오게. 할 말이 있네."

하더니 도어를 열면서 삼길이를 불러낸다. 삼길이는 아침에 약속한 일을 생각하며 뒤를 따라갔다.

24) 일본 본토를 가리키는 말.

주임 하마모토는 도쿄제국대학[25] 공학부를 졸업한 공학
사이며 특히 응용화학계의 권위자이고 비밀리에 무엇인가
연구를 하고 있는 모양이었다. 나이는 32세가량 되었으나
침착하고 과묵한 순 학자 타입이며 꼼꼼한 성질을 가지고
있었다.

그는 3층 복도를 뒤로 꼬부라져서 창고가 있는 데로 가는
모양이다. 삼길이는 의아한 마음으로 주임의 뒤를 따랐다.

이 회사의 창고는 창고과가 있으리만치 영화 촬영에 필
요한 물자뿐만 아니라 가지각색의 물건이 쌓여 있으며 아
래층에서 3층까지 화물만을 운반하는 엘리베이터까지 있
었다. 또한 1층, 2층, 3층에 창고가 여러 계단으로 있어서
관계 직원 이외에는 절대로 들어가지를 못하였다. 삼길이
도 이 회사에 입사한 후로 한 번도 들어간 일이 없었고 들
어갈 일도 없었다.

주임은 그 창고 문을 열고 안으로 들어가 삼길이를 돌아
다보며 들어오기를 재촉한다. 삼길이가 들어서자 주임은

25) 제국대학은 1947년 폐지되기까지 일본 본토에 7개교, 식민지에 2개교가 설치되었
던 종합대학이다. 식민지에 설치된 2개교는 경성제국대학과 타이베이제국대학이다.

도어의 걸쇠를 잠그고 어두컴컴한, 그리고 찬 바람이 휘돌고 음침한 창고 속을 안으로 안으로 앞서서 묵묵히 들어간다. 물품이 질서 있게 쌓인 그 사이를 돌고 돌아서 어느 엘리베이터 승강구까지 왔다.

주임이 신호 버튼을 누르니 위에서 엘리베이터가 내려온다. 이 엘리베이터는 화물을 운반하는 것과 달라서 안이 대단히 좁았다. 주임은 삼길이의 손목을 잡더니 엘리베이터 속으로 끌어들인다.

엘리베이터 운전수는 주임의 눈을 한 번 힐끗 쳐다보더니 스위치를 누르며 아래로 내려간다. 2층을 지나 1층을 지나도 스톱을 않고 그대로 지하로 내려간다. 이 회사에 지하실이 있는 줄은 알았으나 이렇게 깊은 데까지 내려가서 있는 줄은 꿈에도 몰랐다.

그 엘리베이터는 상당히 빠른 속도로 한정 없이 내려간다. 벌써 지상에서 사오 분은 내려갔을 것이다. 삼길이는 얼굴과 등짝에 식은땀이 났다.

'참 이상도 하다. 할 말이 있다고 나를 데리고 나오더니 무시무시한 지하실로 아무 말도 없이 데리고 간다……?'

삼길이는 공포심과 불안한 마음에 사지가 벌벌 떨리고 압축된 공기 때문에 식은땀이 흘러내린다. 주임의 엄숙한 얼굴? 손을 외투 주머니 속에 넣고 서 있는 그 모습? 엘리베이터는 지하로 지하로 한정 없이 내려가더니 정거를 하였다. 주임은 엘리베이터 도어를 열더니 삼길이의 손을 잡고 어두컴컴한 암흑 속으로 끌어들인다.

삼길이는 주임이 하는 대로 끌려가며 안으로 들어갔다. 그 안은 캄캄한데 침침한 전등불이 천장에서 비쳐 오는 것을 깨달았을 때는 벌써 그곳이 높이 8m, 가로가 3m쯤 되는 돔식 터널인 것을 삼길이는 알았다.

주임은 삼길이의 손을 놓고 뒤에 따라오라는 손짓을 하며 앞으로 앞으로 전진한다. 삼길이도 캄캄한 터널 속을 주임의 뒤를 따라 전진하여 갔다. 앞으로 걸어가면서 살펴보니 그 터널은 일직선으로 되어 있지 않고 꼬불꼬불한 원곡선을 그리며 돌아가는 커브마다 어두컴컴한 전등불이 바듯이[26] 길을 분간할 수 있게 비치고 있었다.

어디만큼 갔는지 삼길이는 지하의 무시무시한 마굴 속에서 끌고 가는 주임을 앞에 두고 식은땀을 흘리며 두 주먹을 꽉 쥐고 있었다. 걸어가는 발자국 소리는 천장에 울려 마치 무시무시한 악마의 고함 소리와도 같았다.

삼길이는 불안한 마음과 공포심에 못 이겨 앞서가는 주임에게

"주임! 도대체 어디로 가는 거요?"

하고 물었다. 주임은

"쉬, 암말도 마라! 나만 따라오면 돼! 그리고 이 속에서는 소리를 내면 안 돼! 잔말할 것 없이 따라오게!"

하고 화를 낸 얼굴로 대답을 하며 캄캄한 터널 속을 걸

[26] 어떤 정도에 겨우 미칠 만하게.

어간다.

삼길이는 더욱더욱 의심과 공포로 마음을 조이면서 두 주먹만 꼭 쥐고 주임의 뒤를 바짝 쫓아서 걸어갔다. 커브를 몇 번이나 돌았는지 이제는 모험심과 대담한 마음이 나서 정신을 차리며 주위를 조심히 살펴보며 갔다. 그 터널은 한 줄기 길만 있지 않고 커브를 돌 때마다 양쪽으로 터지는 터널이 몇 갈래든지 전개되고 있었다.

주임은 이 마굴 속을 잘 아는 모양이다. 이 터널 속을 이 길로 저 길로 돌고 돌아서 20분 이상이나 들어가더니 발을 멈추고 가지고 왔던 회중전등을 꺼내어 벽을 비춰 본다. 벽은 철근 콘크리트로 되어 있고 천장에서는 가끔가다 물방울이 한 방울 두 방울씩 떨어진다. 참으로 음참하고도 괴이한 지옥이다!

주임은 회중전등을 이리저리 비추더니

"여기다!"

하고 혼자 중얼거리며 벽으로 달려간다. 삼길이도 뒤를 쫓았다. 그 벽에는 커다란 철문이 있었는데 암호식 핸들로 여는 것같이 보였다. 주임은 마치 은행 금고를 여는 사람 모양으로 핸들을 돌리더니 무슨 버튼을 누른다.

앗! 이상도 하다! 그 큰 철문은 괴이한 소리를 내면서 자동식으로 열린다. 주임은 삼길이를 돌아보며 들어가라고 하면서 자기도 안으로 들어간다. 안으로 들어온 주임은 안에서도 벽에 달린 무슨 버튼을 누른다.

아아! 이 거대한 철문은 또한 반대로 점점 닫힌다. 주임은 핸들을 좌우로 튼다. 그러고는

"옳다! 이만하면 되었다!"

하고는 삼길이를 쳐다보며 히죽 웃는다. 그 웃음이야말로 무기미하고 무시무시한 악마의 웃음과도 같다. 삼길이는 몸에 소름이 끼치고 어쩐지 이마에서는 땀이 닦아도 닦아도 흘러내리는 것만 같았다.

"자! 어서 가세. 또 얼마만치 가야만 하네! 삼길 군!"

하며 주임은 이마에 흐르는 땀을 씻으며 삼길이를 보고 외친다.

"여기가 어디요? 지금 어디를 가는 거요?"

하며 삼길이는 주임의 괴상한 수작을 의심하여 물었다.

"음! 가 보면 아니까……. 자네는 따라만 오면 되지 않나!"

하며 앞으로 주임은 걸어간다.

여기서부터는 터널이 사각형 복도식으로 되어 있으며 천장에 달린 전등불도 먼저보다는 약간 밝은 것같이 보였다. 길도 일직선으로 되어 있으며 걸음 걷기가 자못 수나로운[27] 감이 난다. 삼길이는

'이렇게 깊이 땅속에다 무엇 하러 터널을 만들었을까? 또한 마굴을 만들었을까? 괴상도 하다. 좌우간 여기까지

---

27) 어려움 없이 순조로운.
28) 탐정(探偵): 드러나지 않은 사정을 살펴 알아내는 일. 그런 일을 하는 사람.
29) 병대(兵隊): 군대. 또는 그 병정을 가리키는 일본식 한자어.

왔으니 이 비밀을 끝까지 탐정[28]하여 보자!'

하는 의심과 호기심이 갑자기 일어났다.

주임을 따라서 5분쯤을 걸어서 직각으로 된 커브를 두어 번 돌아가니 거기에 양식 도어가 있으며 이 도어에도 자물쇠가 잠겨 있는 모양이다. 주임은 옆 벽에 달린 버튼을 누른다. 그러니까 안에서 누가 도어를 끄르는 소리가 나더니 도어가 열리며 안에서 누가 나온다. 삼길이는

'앗! 일본 병대다!'[29]

하고 놀랐다. 그 사람은 일본 육군 소위의 복장을 입고 있으며 주임에게 경례를 하더니

"수고하십니다. 자! 어서 들어오십시오."

하고 도어 안으로 주임과 삼길이를 안내한 후 도어를 닫아 버린다. 주임은 고개만 한 번 끄덕 숙이고는 아무 말도 없이 안 복도로 걸어간다.

여기는 과연 지옥에서 천당으로 온 것만 같다. 복도의 천장에는 샹들리에 전등이 현란하게 비치고 있으며 복도의 옆 벽에는 양쪽으로 태양등이 걸려 있고 어디선지 오존 냄새가 기분 좋게 코를 찌른다. 그리고 복도로 옆 대어 있는 유리 창문을 건너서 넓은 사무실이 몇 개고 연달아 있다. 지하실에 이러한 장치를 해 놓은 관동군의 비밀을 그 누가 상상하였으랴?

주임은 자기 뒤를 따라오는 삼길이를 돌아보고는 기다란 복도를 지나서 어느 사무실 문을 열고 들어간다. 삼길이

도 뒤를 따라서 들어갔다.

―――――――――

이 방 속에는 칠팔 인의 일본 관동군 장교들이 회전의자를 타고 앉아서 커다란 지도를 펴 놓고 무엇인지 연구를 하고 있는 모양이었다. 그리고 그 방 옆에는 이상한 기계 장치를 한 무전실이 있고 한 장교가 리시버를 머리에 걸고 앉아서 무전을 치고 있었다. 또 방 한쪽에는 몇 개의 제도용 책상이 놓여 있고 그 테이블마다 밝은 전등불이 제도판을 비추고 있다. 그리고 한쪽 벽에 맞대어 있는 커다란 진열장에는 이상스러운 기계 모형이 정연하게 진열되어 있고 벽마다 무슨 기계 설계 도면인지가 몇 장이고 걸려 있었다.

―――――――――

주임이 안으로 들어가니 앉아 있던 장교들은 일제히 일어나서 경례를 하고 다시 자리에 앉아서 일을 한다. 이 방 안에는 병졸은 하나도 없고 전부가 장교들뿐이다. 한 장교가 일어서서 주임을 보고 경례를 하더니

"잘 오셨습니다. 그렇지 않아도 정보사령님께서 기다리고 계셨습니다!"

"음! M 중위! 정보사령님은 계신가?"

"네! 제가 가서 주임님이 오셨다고 말씀드릴까요?"

"음! 내가 직접 가 보지⋯⋯."

하며 주임은 삼길이를 보고

"삼길 군! 잠깐 여기서 기다리고 있게!"

하더니 어디론지 나가더니만 한참 후에 돌아와서

"삼길 군! 여기에 계신 정보사령님께 인사를 하러 가세!"

하며 삼길이를 데리고 그 방을 나간다. 또 복도를 걸어 왼손 편으로 꼬부라져서 커브를 돌아가니 거기에는 '정보사령실'이라는 표가 걸려 있다. 주임은 도어에 노크를 하더니 문을 열고 삼길이를 들어오라고 눈짓을 하여 방 안으로 같이 들어갔다.

이 방 안은 회사의 이사장실보다도 훨씬 화려하다. 삼길이가 한쪽 구석에 서 있으니까 주임이

"정보사령님! 지금 삼길 군을 데리고 왔습니다!"

하고 외친다. 정보사령은

"음! 하마모토 소좌! 대단히 수고했네. 그리로 앉게!"

하며 삼길이의 얼굴을 한번 쳐다본다.

삼길이는 자기 얼굴을 쳐다보는 정보사령을 무의식적으로 쳐다보았다. 그는 대좌[30]의 마크를 어깨에 붙이고 참모 마크인 금몰[31]을 걸치고 거만한 태도로 앉아 있다. 주임은 넋을 잃고 서 있는 삼길이를 보고

---

30) 도이하라 겐지(1883~1948): 특무기관장을 지내면서 만주국에 깊이 관여한 육군 대장. 본문에서는 T 대좌.
31) 몰(mogol): 철사, 섬유, 금속 등을 쉬이 꼰 끈이나 장식 띠.

"삼길 군! 사령님에게 인사를 하게."

하며 옆에 있는 의자에 걸터앉는다.

삼길이는 그제야 정신을 차리고 단정히 인사를 하였다.

그 사령은 삼길이의 얼굴을 자세히 보며

"음! 자네가 삼길 군인가? 잘 왔네! 그렇지 않아도 내가 자네를 불렀네! 그리로 앉게!"

하며 테이블 앞에 있던 의자를 가리킨다. 그리고 말을 이어

"자네와 같이 있는 하마모토 주임은 실은 나의 부하며 육군 공병 소좌이네, 하하."

하고 한번 웃더니 엄숙한 얼굴을 하며

"여기가 어딘지 자네는 아는가? 여기는 관동군 정보본부요 극비에 속한 최신 과학 병기 연구소야."

하고 한참 생각을 하더니 다시 말을 이어

"자네를 여기까지 부른 것은 다름이 아니야……. 자네도 알다시피 현재 일본은 단말마의 기로에 서 있네! 그러나 우리는 기어코 대동아전쟁의 승리를 얻어야만 되지 않나? 그런데 삼길 군!"

하며 어조를 높이고 앉았던 의자에서 일어나더니

"자네가 조선 사람인 줄은 내가 잘 알고 있네!"

하며 조선 사람이란 어구를 크게 외친다. 삼길이는 의아한 눈초리로 그 사령의 얼굴을 아니꼽게 주목하였다.

"그러나 현재 조선 사람은 훌륭한 황국 신민이며 또한

영광스러운 대일본 제국의 신민으로서 새 출발한 것은 본관이 잘 알고 있네. 그리고 또한 자네의 동지들은 학도병으로 출정하여 많은 공로를 세우고 있는 것도 잘 아네. 그런데 삼길 군!"

하고 다시 삼길이를 부르며 일어섰던 사령은 다시금 의자에 앉으며

"자네를 여기까지 오라 함은 다름이 아니라 자네의 머리를 좀 징용할까 하는데, 하하."

하며 혼자서 웃는다. 삼길이는 놀랐으나 그대로 서서 눈만 말똥말똥하며 사령의 말하는 얼굴만 쳐다보고 있었다. 사령은 다시 말을 이어서

"자네가 이공학을 전공하고 또한 T 학원까지 졸업한 수재인 것은 이미 아마카스 이사장한테서 잘 듣고 또한 자네의 신분 조사도 내가 충분히 하였는데……. 벌써 만영회사에서 무엇을 하고 있는가도 자네는 짐작하였을 거야."

하면서 삼길이의 마음을 뚫을 듯이 쏘아본다.

'도대체 나를 데려다 무엇을 시키려고 이런 말을 하는고?'

하는 의심과 호기심에 정신을 바짝 차리고 정보사령이 하는 말에 귀를 기울였다.

"삼길 군! 자네가 들어온 이 지하실에는 일본에서도 제일 유명한 기술 장교들이 모여 최신 과학 병기 연구에 몰두하고 있네. 그리고 자네도 여기에 9면서 보았는지 모르나

이 지하실에는 특수 무전 장치가 있어서 도쿄 대본영(大本營)[32]과 직통 전화가 됨은 물론이고 단파 무전기를 이용하여 대동아 권내의 전황을 비밀 암호로 수전(受電)하여 매일매일 이 정보를 종합해서 사령부에 제공한 다음 관동군 작전에 유리하도록 인도하고 있네―. 그리고 만주국 내에 있는 병기창(兵器廠)과 군수 공장하고도 비밀 전화선이 배선되고 있네, 하하."

정보사령은 가장 자만스러운 듯이 이런 얘기를 한꺼번에 중얼거리며 호탕하게 웃는다.

삼길이는 가장 긴장한 얼굴을 하며 일일이 정보사령이 하는 말을 듣고 있었다.

껄껄대고 난 정보사령은 엄숙한 표정을 하고 삼길이의 얼굴을 쳐다보며

"지금 이러한 극비밀을 자네에게 폭로한 이상 자네도 또한 여기에 있는 기술 장교들과 같이 과학 병기 연구에 몰두해 주어야 하네. 그리고 이 지하실에서 외부로 나가더라도 절대로 이 비밀을 지켜 주어야 하네. 자네의 가족 및 친구는 물론이요 같은 직장에 있는 여하한 사람에게도 이러한 말을 하면 안 되네! 만일 조금치라도 이 비밀이 누설된 때

32) 태평양전쟁 당시 일본 천황 직속으로 육군과 해군을 통솔한 최고 지휘부.
33) 군에 복무하는 특정직의 문관. 군무원.
34) 자기 몸을 힘껏 상대방에게 부딪쳐 타격을 준다는 뜻의 일본말. 여기서는 적기(敵機)에 기체를 직접 부딪쳐 타격을 가하는 전법을 말함.
35) 우주에서 지구로 쏟아지는 에너지와 방사선 등을 일컫는 말.

는 군법에 저촉되어 일신상에 좋지 못할 거야, 하하. 삼길 군! 본관은 오늘부터 삼길 군에게 군속(軍屬)[33]을 명령하며 대우는 일본 육군 공병 중위에 준한 대우를 함세. 그리고 한 가지 연구 과제를 제공할 터이니 오늘부터 3개월 이내로 완성하도록 힘써 주게."

하며 정보사령은 무슨 종이를 서랍에서 꺼내어 읽는다. 그 내용은 다음과 같은 것이었다.

———————

연구 과제 내용

현재 일본군이 가장 위협을 받고 또한 무서워하는 것은 미국의 B29 폭격기와 원자폭탄이다. 이 비행기를 추락시키는 방법에는

1. 고속도 원거리용 고사포를 사용하는 것.

2. 일본 항공 부대에 의한 다이아타리(體當)[34] 전법. 이 두 가지 방법이 있는데 이는 역학과 탄도학을 이용한 물리학적 전법으로 하등의 효과가 없다. 따라서 무슨 강력한 전기 에너지를 이용하든지 우주선(宇宙線)[35]을 이용한 강력하고 순간적인 위대한 에너지 발사에 의한 병기 연구가 필요하다. 그리고 이 병기를 이용하여 몇천 대든지 고도 비행하는 B29를 한꺼번에 추락시킬 수

• 폭탄을 투하하는 B29
• 원폭투하 1개월 후 히로시마

있는 기계를 발명하라.

———————————

과제의 내용은 꿈과 같은 일을 실현하라는 명령이었다. 삼길이는 놀랐다. 너무나 과중한 명령에 기가 막혔다. 그리고 이러한 명령은 실로 상상도 하지 못한 문제다. 도대체 그러한 무기를 연구해낼 만한지 자기의 실력이 의심되었다. 그러나 자기가 조선 사람이라는 것을 알면서도 이러한 비밀 지하실에까지 불러들여서 가지각색의 비밀을 폭로해 가며 이러한 문제를 내는 일본군을 생각할 때

　1. 내가 조선 사람인 것을 인정하면서도 이렇게까지 비밀을 폭로하여 가며 중책을 줌은 웬일일까?
　2. 벌써 일본은 단말마에 서 있다. 그러니까 나와 같은 사람의 머리라도 필요한가 보다……. 그리고 이러한 기계를 발명 못하더라도 이 비밀 지하실을 더욱 살펴둘 필요가 있다.

　하는 생각이 머리에서 떠올랐다. 삼길이는 정보사령을 보고
　"정보사령님, 저와 같은 천학비재[36]한 몸이 그러한 중

36) 천학비재(淺學菲才): 학문이 얕고 재주가 변변치 않다는 뜻.

책을 완수할는지 대단히 의문이며 또한 예기치 못한 일입니다! 그러나 최선의 노력을 다하여 예기의 목적과 임무를 완수하도록 노력은 하여 보겠습니다."

하고 외쳤다.

"음! 대단히 좋은 말이네. 이 목적과 임무를 달성함에는 본관은 적극적 후원을 아끼지 않을 터이며 이 지하실에서 제공할 수 있는 여하한 시설과 연구 재료라도 자네에게 제공할 터이며 필요에 따라서는 군수 공장까지라도 동원하여 연구에 필요한 시설과 기계를 제작하게 할 터이니 만단 누락이 없도록 충분한 노력을 바라네."

하며 희색 만만한 얼굴로 일어나서 삼길이의 손을 잡고 악수를 한다.

삼길이는 이제야 하마모토 주임의 정체를 알 수 있었고 또한 이 마굴에 자기를 데리고 온 목적도 알 수 있었다. 그러나 참으로 큰일이 났다! 과연 이러한 꿈과 같은 일을 3개월 이내로 할 수 있을까? 하는 생각과 걱정이 벌써 눈앞을 가렸다. 주임은 삼길이를 데리고 정보사령실을 나왔다. 그리고 복도를 걸어가며 삼길이에게 말을 한다.

"삼길 군! 지금 정보사령에게 들은 바와 같이 중대한 임무를 자네에게 명령하였네. 내가 회사에서 할 말이 있다는 것은 이거야, 하하."

하며 껄껄 웃는다.

"자, 오늘은 이걸로 일은 다 보았으니 회사로 돌아가세."

주임은 먼저 오던 길과는 반대편 방향으로 걸어간다. 기다란 복도를 꼬부라져 가니 거기에 도어가 있어 그 도어를 나가니 컴컴한 터널 속이다. 다시 천당에서 지옥으로 들어간다. 이 컴컴한 터널을 몇 번이나 굽이쳐 돌았는지 계단이 보인다. 이제는 엘리베이터가 아니고 층층으로 되어 있는 계단이다. 이 계단을 올라서니 또한 컴컴한 마굴 터널이 연속된다.

"주임! 먼저 오던 길과 다릅니다그려?"

"음! 다르이⋯⋯. 아무라도 다닐 수 없는 마굴이야! 하하."

하고 유쾌히 웃으면서 다시 암흑 터널 속을 걸어간다. 이제는 나선형으로 된 터널 속 계단을 올라간다. 층층대가 아마도 20여 개나 될 것이다. 이 계단을 올라서니 정신이 마취되고 어질어질해진다. 삼길이는 무서운 마음이 나서 주임의 뒤를 바짝 따랐다. 그 계단을 바듯이 올라가니 또한 창창하고도 아득한 터널이 앞을 막고 있다. 도대체 얼마나 가면 하늘을 볼 수 있을까? 피곤한 몸을 이끌고 주임의 뒤를 따라갔다. 한참 가더니 주임은 회중전등을 비추며 벽에 달린 배전반(配電盤)을 발견하여 그 앞으로 달려간다. 그는 배전반을 열고 무슨 스위치를 눌렀다. 천장 위에서 갑자기 무엇인지 움직이며 난데없이 터널 속으로 태양빛이 쪼여 온다. 삼길이는 놀라며 이 열려진 곳을 보니 2m 사방으로 된 문이었다. 계단은 이 문까지 연속되어 있었다. 주임은

"인제 다 왔네. 올라가세!"

하며 삼길이와 같이 지상으로 나왔다. 그 문은 자동식으로 닫히고 지상에 올라가 보니 거기는 눈이 담뿍 쌓인 넓은 벌판이었다. 그리고 신징 시내는 먼 지평선에 보였다. 이러한 만주의 광야의 일각에 2m 사방으로 된 문이 있으리라고 누가 생각하였으랴! 삼길이는 정신이 어리벙벙하여 자기 자신을 의심하였다. 넋을 잃고 서 있는 삼길이를 주임은 재촉하여 벌써 어느 틈엔가 그 문 옆에 기다리고 있던 관동군 전용 자동차에 타라고 한다. 그 자동차를 타고 나니 운전수는 양쪽 유리창에 달린 커튼을 내리고는 빠른 속도로 달려간다. 약 15분 후에는 만영회사 현관 앞에 주임과 삼길이가 아무 일도 없었던 듯이 자동차에서 내렸다. 그때는 저물어 가는 황혼에 회사 현관의 밝은 전등불이 비치고 있을 때였다.

신징의 만주인 거리

# 3 XY27이란 누구?

마굴 지하실에서 비밀 명령을 받은 삼길이는 회사에 와서
도 마음이 설레어 그날부터는 어쩐지 공상만 하게 되었다.
회사에는 여전히 정각에 매일매일 출근은 하였으나 명령
을 받은 후로는 회사에서나 집에 와서나 자기를 음으로 양
으로 감시하는 일본 헌병대가 무서웠다. 변소에 가기만 하
여도 반드시 거기에는 누구인지 검은 그림자가 보였다. 공
일[37] 날 시내로 놀러만 가려도 회사의 전용차를 타고 가라
고 한다. 또한 집에 와서 휴식하는 시간에도 번번이 일본
사람 친구의 방문을 받았다. 그러나 삼길이는 이 장난이 전
부 삼길이를 감시하려는 수작인 줄은 알면서 가장 자유스
럽고 태연한 태도로 그네들을 맞아 주었다.

37) 휴일.
38) 용감하게 뛰어감.
39) 역전.
40) 러일전쟁 당시 격렬한 전투가 벌어졌던 격전지. 해발고도가 203m이기 때문에
'203고지'라는 이름이 붙었다.
41) 압력을 견딤.

삼길이는 이 회사에 입사한 지 한 달이 지난 11월 중순경에 돌연 "뤼순(旅順) 공과대학에 가서 사토(佐藤) 박사를 만나고 오라!"는 출장 명령을 받았다. 삼길이는 학생 시대부터 이 S 박사의 〈고전압론〉에 대하여는 가장 숭배하여 왔었다. 그는 용약(勇躍)[38] 신징에서 뤼순으로 급행열차를 탔다. 다롄(大連)을 거쳐 뤼순 역두(驛頭)[39]에 내려 보니 러일전쟁으로 유명한 203고지[40]가 눈앞에 솟아 있고 뤼순항 푸른 물은 여전히 파도치고 있었다. 그는 동창생으로 뤼순 동 대학 연구실에 있던 조선 출신 성(成) 군을 방문하였다. 그는 반가이 맞아 주었다. 성 군의 안내로 S 박사를 동 대학 연구실로 방문하니 S 박사는

"삼길 군인가! 잘 왔네. 방금 신징에서 전화를 받는데……. 자네도 관동군을 위하여 좋은 연구를 한다는 소식을 듣고 대단히 반가워하였네. 마침 22만 볼트 고압 송전선 내압(耐壓)[41] 시험 중이니 구경하고 놀다 가게."

삼길이는 놈들의 물샐틈없는 통신망에 감탄하면서

"감사합니다. 회사에서는 선생님을 찾아가 보라는 말뿐이겠지요."

"음! 자네에게 고압 시험하는 것을 보여 주려 하는 친절한 마음일 테지……."

하며 S 박사는 삼길이를 데리고 제3실험실에 들어간다. 그 방 안에는 무시무시한 전선줄이 거미줄같이 천장에 걸쳐 있고 굉장한 저항기(抵抗器) 또는 미터가 웅웅 울리는

송전 반응에 울리어 걸어가는데도 전기에 감전하여 이상한 몸의 경련을 감득[42]할 수 있다. 박사는 돌연 무슨 핸들을 틀었다. 그러자 우웅 하며 볼트미터가 움직이며 바늘은 10만, 15만, 20만 볼트로 올라간다. 20만을 넘었을 때 천장에서 난데없이 '딱!' 하는 소리와 함께 고압 애자(礙子)[43]에 불이 붙어 천장으로 튄다.

오, 방전이다! 삼길이는 놀란 듯이 이 광경을 열심히 쳐다보고 있었다. S 박사는 삼길이를 향하여

"고압 방전에는 이 내압물(耐壓物)이 문제야. 20만 볼트도 이러한데 하물며 ○○○만 볼트 이상이면 상당한 연구가 필요한걸……."

하며 삼길이에게 참고되는 여러 가지 연구 재료를 내준다. 삼길이는 그날은 뤼순에서 일박하고 그다음 날 신징으로 돌아왔다. 그 후 며칠이 지났는지 주임은 삼길이를 조용히 불러서 마굴로 같이 들어가기를 청하였다. 삼길이는 당황하였으나 할 수 없이 주임을 따라 두 번째로 마굴 속을 들어갔다. 두 번째 들어가는 마굴 속의 터널은 첫째 번에 들어갈 때와 길이 다르며 또한 나오는 길도 다른 것을 삼길이는 발견하였다.

두 번째 마굴에 들어갔을 때 주임은 마굴 안 병기 장교 R 대위와 작전 주임 겸 참모로 있는 A 소좌를 소개하여 주었

---

42) 느껴서 앎.
43) 전선을 절연하여 고정하기 위해 사기, 유리, 합성수지 따위로 만든 지지물.

다. 인사가 끝난 후 R 대위는 삼길이를 데리고 병기 창고와 병기 연구실에 안내를 하였다. 삼길이는 여기서 또다시 아니 놀랄 수 없었다. 정보실 옆 복도를 지나서 10여 개로 되어 있는 계단을 올라서니 거기에도 어두컴컴한 복도를 분간할 수 있게 달아 놓은 전등 옆에서 난데없이

"차려!"

하는 호령과 함께 총칼이 번쩍! 하고 공중을 찌른다. 창고 문 앞을 수비하고 있던 수비병이 '받들어 총'을 하고 R 대위를 주목하고 서 있는 것이다. R 대위가 답례를 하자 수비병은 총을 내리며

"제5호 병기 창고 이상 없습니다!"

하고 외친다.

R 대위는

"음, 수고한다. 이 문을 열어라."

하니 수비병은 창고 문을 연다. 삼길이는

'앗!'

하고 그 자리에서 눈을 크게 뜨고 병기 창고 안을 쳐다보며 놀랐다.

오, 봐라! 그 안에는 무시무시한 왜국의 비밀 병기 '5연발 고속도 속사 고사포'가 네 개의 바퀴가 달린 수레 위에 놓여 있지 않는가! 삼길이는 R 대위의 뒤를 따라 창고 안으로 들어갔다. R 대위는 자못 자만스러운 얼굴로 삼길이를 쳐다보며

• 뤼순항
• 뤼순 203고지
• 뤼순공과대학

"이 병기는 우리 관동군의 자랑이며 또한 세계 어느 나라에도 없는 병기다. 포구가 10개 달렸고 5개씩 교대로 연속 발사할 수 있는 고사포! 1분간 발사 실탄 수는 80발! 최고 사정거리 8,000m. 이 괴물이 실전에 나갈 날도 머지않다."

하고 설명을 한다. 삼길이는 왜놈들의 머리가 우수하다는 그것보다도 이런 무기가 제작되어 간다는 실천력에 놀랐다. 삼길이는 그 고사포의 성능을 세밀히 조사한 다음 R 대위를 따라 창고를 나왔다.

복도를 연달아 병기 창고가 몇 개고 있었으나 R 대위는 그대로 지나 버리고 만다. 삼길이는 모조리 보았으면······ 하는 충동을 느꼈으나 그대로 뒤를 따랐다. 한참 후에 계단을 내려가 정보실 옆에 있는 병기 연구실로 안내를 한다. 여기서는 여러 가지 도면을 보여 주며 연구하고 있는 병기를 설명하여 준다. 이러한 일이 있은 후로는 사흘 만에 한 번, 열흘 만에 한 번씩 날짜와 시간을 불규칙하게 주임은 삼길이를 호출하여 마굴 속으로 들어가기를 청하였다. 출입은 절대로 극비밀에 부치고 또한 다른 사람이 알 리가 만무하게 하였다. 그리고 반드시 들어갈 때마다 그 터널의 길은 먼저 오던 길과는 다른 길이었고 마굴에 들어갈 때마다 주임은 연구에 대한 재촉이 심하였다. 그리고 이런 말도 했다.

"너는 조선 사람이다! 만일 이 명령에 응하지 못하면 비밀 탄로 방지로 무슨 봉변이 있을지 모르네!"

삼길이는 이런 위협을 받을 때 피는 끓고 민족심은 불붙어 오른다.

'나는 왜놈들한테 이용당하고 있다. 이제 와서 도피할 수도 없고……. 감옥살이다!'

어느 날 밤 삼길이는 넋을 잃은 사람 모양으로 방 안에서 천장만 쳐다보며 누워 있었다. 마음속에서 복받쳐 오는 불안감! 그리고 '너는 조선 사람이다!' 하는 민족적 차별! 순전히 왜놈들한테 내 몸을 팔 것이냐? 오, 답답하다!

삼길이는 울래야 울 수도 없는 지경이었다. 눈물도 안 나오는 삼길이의 비참한 마음을 그 누가 알아주랴!

'내게는 도대체 어떠한 운명이 오나? 에잇! 아무렇게나 되어 가는 대로 돼라!'

자포자기심과 적막과 쓰라린 마음을 억제할 수 없이 담배만 몇 개고 피우며 누워서 뒹굴었다. 그날 밤에는 한소끔[44]도 잠을 이루지 못하고 공상에서 공상을 자아내고 또한 자기 앞길의 막막한 암흑만 생각하다가는 또 꿈인지 생신지 캄캄한 마굴 속을 혼자서 헤매고 있는 자기를 발견할 때 너무나 고독하고 애처로웠다.

그 이튿날 아침 삼길이는 밥을 먹지 못하고 주린 배를 거머쥐고 회사에 출근하였다. 사무실에는 타이피스트 후지노만이 의자에 앉아서 무엇인지 책을 읽고 있었다. 삼길이가 기운 없이 들어가니

"오하요, 삼길 씨!"

44) '한숨'의 방언.

하고 인사를 하더니 수심이 가득 찬 얼굴을 보고

"어쩐 일이세요? 삼길 씨! 안색이 안 좋으신데요! 어디 몸이 편찮으세요?"

매우 걱정스러운 듯이 묻는다.

"네! 뭐……. 아무렇지도 않습니다. 참! 주임은 아직 안 나오셨어요?"

"네, 오늘은 아침에 전화가 왔는데요. 펑톈(奉天)으로 출장을 가신다나요."

"네! 그러세요?"

하며 삼길이는 자기 책상 서랍을 열고 서류를 끄집어내려 할 때 그 속에 이상한 하얀 봉투 하나가 들어 있는 것을 보았다.

'무얼꼬?'

하고 그 봉투지를 손에 들고 앞뒤로 보았으나 겉봉에는 아무 이름도 주소도 쓰여 있지 않고 다만 밀봉한 이중 봉투였다. 삼길이는 그 봉투의 봉을 떼고 안에 들어 있는 종이를 꺼내어 보았다. 거기에는 여자의 가냘픈 글씨로 다음과 같은 사연의 편지가 들어 있었다.

———————

나의 존경하는 삼길 씨! 나는 삼길 씨를 잘 알고 있습니다……. 그러나 삼길 씨는 나를 모르시겠지요? 나는 삼길 씨의 얼굴을 언제나 뵈옵지만 삼길 씨는 나라는 인간을 한 번도 본 일은 없을 것입니다. 그러나 언제고 삼길 씨를 존경하며 또한 사모하는 마음이 나도 모르게 가슴에 넘쳐 꼭 한번 뵈옵고자 부끄러움과 염치를 무릅쓰고 이 글월을 올립니다. 만일 삼길 씨가 나라는 인간을 누구인지 아시려 하시거든…… 또 나는 삼길 씨에게 꼭 뵈옵고 여쭐 말씀이 있습니다만…… 오늘 저녁 8시 정각에 회사 후원(後園) 이사장 별장 앞에 있는 소나무 그늘에서 기다려 주세요. 나는 꼭 삼길 씨가 오시는 것을 믿겠습니다! 그러면 꼭 오시겠지요?

　　　　XY27 올림

———————————

이 편지는 일본말 변체(變體) 히라가나[45] 글씨로 훌륭한 필적이었다.

　'알 수 없는 인물이다……. 누굴꼬? 왜 '저'라고 쓰지 않고 '나'라고 쓰어 있으며 또한 XY27이란 무엇을 의미하는 것일꼬?'

　몇 가지 의문이 삼길이의 머리에서 돈다. 삼길이는 의심

———————————

45) 헨타이가나(變體假名): 일본의 문자 체계가 50음도로 통일된 1900년 이전의 옛 히라가나. 태평양전쟁 당시까지 일상에서 자주 사용되었다.

과 호기심을 가슴에 품은 채 그날 사무를 끝마치고 숙사로 돌아와서 아무리 생각하여도 도무지 이러한 여성은 머리에 떠오르지를 않는다. 삼길이는 신경이 예민해졌다. 어제 하룻밤을 그대로 새우고 또한 아침에도 낮에도 저녁에도 밥은 도무지 입속에 들어가지를 않고 배는 고팠으나 기운이 없을 뿐이고 머리는 더욱더욱 무엇인지 공상만 할 뿐이었다.

삼길이는 저녁에 겨우 죽을 먹고 어슬렁어슬렁 회사로 갔다. 벌써 때는 정월달이 지나 2월 초순이다. 1945년 2월 초순! 눈 내리는 만주 벌판! 신징의 화려한 가로등도 공습을 무서워하는지 어두컴컴하게 방공용 커버를 쓰고 쓸쓸한 저녁의 눈을 맞고 서 있다. 모두 적막하고 쓸쓸하다. 삼길이는 외투의 머리를 올려 귀를 가리고 회사 후원으로 기운 없이 걸어간다. 눈 내리는 저녁! 거기에 사박사박 눈을 밟고 가는 사람은 삼길이 외에 한 사람도 없었다.

삼길이는 회사 후원을 지나서 이사장 별장 앞에 있는 소나무 밑으로 가까이 왔다. 손시계[46]를 보니 시계는 7시 50분을 가리키고 있었다.

'아아, 적막한 밤! 고향을 떠난 지도 오래다. 나 홀로 무엇 하러 이국땅에서 미친놈같이 헤매고 있는고! 아아! 쓰라리다! 가고 싶다! 내 고향……. 어머니! 저는 어이하면 좋아요?'

46) 손목시계.

슬픈 가슴을 홀로 쓰다듬으며 공상에서 공상을 자아내는 삼길이의 뒤 어깨를 탁! 치며

"호호, 삼길 씨! 오셨소? 저는 안 오실 줄 알았는데……."

하고 누구인지 뒤에서 앞으로 달려든다.

"앗! 당신은 누구?"

하며 캄캄한 밤이지만 눈벌판의 반사 광선으로 그 사람의 얼굴을 살펴보았다. 그러나 그 사람은 분명한 여성인데 방한모를 깊이 썼기 때문에 얼굴을 자세히 분간할 수가 없었다. 삼길이는 이 여성의 얼굴을 다시 똑똑히 보려 하며

"당신은 누구시던가요?"

하고 물으면서 다시 그의 얼굴을 보았다.

"저를 모르세요? 이사장 비서로 있는 마사키예요."

하고 쓰고 있던 방한모를 벗는다.

"네……. 이제 알았습니다. 옳지! 옳지! 제가 이 회사에 입사할 때 만나 뵈었군요! 네, 네……. 알았습니다……."

하고 삼길이는 그제야 고개를 끄덕끄덕하며 안심하였다. 그러나 아직도 비서 마사키가 무엇 하러 하필 이 밤중에 나를 만나려 하는고? 하는 의심이 새삼스럽게도 가슴을 찌른다. 삼길이는

"그런데 이런 밤중에 무엇 하러 여기까지 부르셨나요?"

하고 반문하였다. 비서 마사키는 한참 고개를 수그리고 있더니

"삼길 씨! 제가 아침에 드린 편지 보셨지요? 호호, 물론

보셨으니까 여기까지 오셨겠지만⋯⋯."

"네, 보았습니다. 그런데 XY27이란 무어요?"

"호호, 그건 장난이에요. 아무것도 아니에요. 그저 그렇게 써 보았어요⋯⋯. 그런데 삼길 씨! 저는 삼길 씨가 이 회사에 입사하실 때 벌써 삼길 씨의 이름을 알았어요. 그리고 삼길 씨가 이 회사에 오시기 전부터 알았는걸요, 뭘."

"네? 제 이름을? 어떻게 아셨어요? 이야기를 좀 하여 주시오."

삼길이는 놀랐다.

'벌써 이 회사에 들어오기 전부터 내 이름을 알다니? 이 여자는 도대체 누굴꼬? 무엇 하러 내 이름을 알고 있으며 알아서 무슨 소용이 있는고?'

이런 생각이 머리에 뜬다. 마사키는 삼길이의 얼굴을 우러러보더니

"삼길 씨는 너무나 순진해요⋯⋯. 그리고 좀 머리가 바보예요, 호호."

"네? 무어요? 머리가 바보예요?"

"그래요! 바보예요. 저는 삼길 씨를 뵈었을 때 다만 한 사원으로 입사하실 평범한 청년인 줄만 알았지요? 호호, 삼길 씨는 평범한 사원이 되시려고 이 회사에 들어오셨지만⋯⋯. 또 지금도 바보 노릇을 하고 계시지만⋯⋯."

마사키는 도무지 알 수 없는 말을 혼자서 중얼거린다. 그러나 그 말에는 무엇인지 암시되는 자극이 들어 있는 것

을 깨달았다.

"네! 저는 이 회사에 입사한 지 벌써 근 반년이 됩니다만 평범한 일개 사원이지요, 뭐."

"호호, 그럴까요? 삼길 씨! 오늘밤 제가 일부러 오시라고 한 것은……."

하고 아무 말이 없다. 삼길이는

"뭐요?"

"글쎄요, 제가 일본 여성이고 또한 너무나 염치 불고하고 삼길 씨를 오시라고 한 것은 대단히 죄송합니다. 그러나 삼길 씨! 지금부터 저는 삼길 씨와 좀 더 친하고 싶어요. 또 삼길 씨의 지도도 받고 싶어요, 호호."

마사키는 삼길이의 묻는 말에는 대답을 않고 여성의 본능인 애교만 부리려고 한다. 삼길이는 마사키가 무엇 하러 자기와 친하자고 하는가를 짐작은 하였으나 너무나 경계할 필요는 없었다.

"마사키 상! 당신은 내가 조선 사람인 줄 아세요?"

"네, 삼길 씨가 조선 사람인 줄 알았지만 삼길 씨는 꼭 일본 사람 같아요. 그리고, 그리고……."

하더니

"삼길 씨! 오늘은 날이 추우니 그만 갑시다."

하면서 마사키는 먼저 걸어간다.

"그러면 저도 실례하겠습니다."

하고 삼길이는 마사키와 작별을 하고 걸어오며 어러 가

지 이상한 의문을 생각하여 보았다. 오늘 저녁에 둘이서 이야기한 것 중 하나도 삼길이의 마음을 만족시켜 준 것은 없고 다만 알 수 없는 일뿐이었다. 삼길이는 문득 무엇을 생각하였는지 마사키의 걸어가는 뒤를 쫓으며

"마사키 상! 잠깐만 기다려 주세요!"

하며 달려갔다. 마사키는 의아하다는 듯이 걸음을 멈추며 고개를 돌려 바라본다. 삼길이는 마사키의 걸어가는 길로 같이 보조를 맞추어 어깨를 나란히 하고 다음과 같은 질문을 하였다.

"마사키 상은 나라는 인간을 언제부터 아셨지요? 이 회사에 입사하기 전부터 아신다고 하셨지요."

"그래요. 삼길 씨는 학원 시대부터 너무나 유명하니까요, 호호."

하고 얼굴을 약간 붉히며 웃는다. 삼길이는 학생 시대를 새삼스럽게 회고하여 보았다.

"글쎄요, 제가 그렇게도 유명한 존재였던가요? 매우 영광스럽습니다, 하하."

하며 삼길이도 같이 웃었다. 마사키는 몇 걸음 걸어가더니

"삼길 씨! T 학원에 다니실 때 어느 날인가 조선 학생 여덟 명하고 우리 회사에 견학을 오셨지요?"

"네, 작년 봄에 만영 견학을 한 일이 있지요. 그때 좋은 영화를 시사실에서 보여 주시고 또 이사장실에서 좌담회까지 하며 이사장과 각 과장들께서 여러 가지로 좋은 이야

기를 많이 하여 주신 일을 기억합니다."

삼길이는 작년에 만영회사에 견학을 왔을 때 이사장실에서 견학생들에게 과자와 오차[47)를 내주던 어여쁜 아가씨의 생각이 문득 머리에 뜬다.

마사키는 반가운 기색을 하며

"그때 저는 이사장실에 있었어요. 그리고 가장 열심히 또 남성답게 이야기를 하고 계시던 삼길 씨가 어쩐지 저는 머리에서 잊히지를 않았어요. 호호, 또 다른 의미도 있었지만……. 삼길 씨가 우리 회사에 오시게 된 것은 저로서 참으로 고마운 일이에요. 아마카스 이사장도 삼길 씨를 잘 보았을 것이에요. 작년 봄부터 늘 T 학원 아무개는…… 하는 말을 하시던데요, 뭘."

삼길이는 가슴속에서 무엇인지 약동하는 마음의 충격을 느끼면서도 역시 상대자가 일본 여성이라는 생각을 하여 볼 때 원망스럽고 또한 얄미웠다.

"그렇게까지 생각하여 주시니 감사합니다. 다만 저는 저의 최선의 노력을 하며 또한 평범한 사원이 되기를 바랄 뿐입니다."

하며 어두컴컴한, 그리고 고요한 밤에 이국의 정서를 담뿍 가슴에 안고 눈 내리는 벌판을 걸어가는 네 발자국은 과연 어떻게 앞날의 운명을 약속할 수 있을까?

---

47) 차나 엽차를 공손하게 이르는 일본말.

# 4  제육감(第六感)

이러한 일이 있은 후 마사키는 몇 번인가 삼길이의 집을 찾아와 쓸데없는 잡담을 하고 가고는 하였다. 그러는 동안에 삼길이는 그 무시무시한 마굴에서 정보사령한테 비밀 명령을 받은 기한 날짜가 며칠 남지 않음을 깨달았다. 오늘은 작년 11월에 처음으로 지하실 마굴에 들어가서 명령을 받은 지 벌써 3개월째 나는 2월 26일이다. 나머지 나흘 동안에 무엇이든지 생각하여서 연구한 결과를 발표하지 않으면 무슨 봉변을 당하는지 몰라 삼길이의 마음은 초조하였고 조급하였다. 그 굴속에도 주임과 같이 10여 차례나 들어가서 여러 가지로 연구 재료를 수집하며 또한 여러 각도로 연구하여 보았으나 도무지 하늘에서 별을 따고 말지 이러한 어려운 일은 자신이 없었다. 그렇다고 해서 이제 와서 못한다고도 할 수 없는 삼길이었다. 일본 관동군 최고 수뇌부의 비밀을 알고 있는 삼길이는 그래도 중대한 명령을 섣불리 회피할 수는 도저히 없었던 것이다. 그리고 삼길이는 이러한 생각도 하여 보았다.

'설령 그러한 기계가 발명되었다 할지라도 패망되어 가는 일본 놈들한테 발표할 필요는 없다. 그네들이 나를 조선 사람이라고 인정하면서도 이러한 비밀을 폭로하며 큰 기대를 가지고 있는데 아무 일도 안 하면은 조선 사람이란 할 수 없다 하는 큰 수치와 모욕을 놈들에게 보여 주지 않는가?'

머리에서 가지각색의 공상과 고뇌가 일어나서 삼길이는 그날은 회사를 쉬고 집에서 누워 있었다.

그랬더니만 돌연 오후 3시쯤 해서 주임이 찾아왔다.

"삼길 군! 어디 아프나? 안색이 좋지 못한데. 왜? 고향이 그리워져서 그런가? 하하, 오늘은 좋은 일이 있으니 나를 좀 따라오게."

한다. 삼길이는 또 지하실로 가자는 말인가 보다 생각하고 어찌할 수 없이 옷을 주워 입었다. 그리고 주임을 따라서 그 지하실 마굴로 들어갔다.

오늘은 웬일인지 정보사령 이하 전부 사무를 쉬고 넓은 식당에 장교단들이 앉아 있었다. 삼길이는 주임과 같이 식당으로 들어갔다. 사령이 상석에 나와 앉아서 무슨 훈시를 하고 있었다. 삼길이가 들어섰을 땐 다음과 같이 말을 하고 있을 때다.

"……이 되어서 지금 우리 일본군은 퇴각의 운명에 있다. 이것은 오로지 우리나라가 과학을 등한시하고 또한 군대 내에서도 과학 병기에 대한 연구가 불충분하였던 결과로 볼 수 있다. 육군성[48]에서도 이 점을 깊이 염려하여 우리 관동군에 특별 훈전(訓電)[49]을 보내어 더욱더욱 최신 과학 병기 연구에 주력하도록 하라는 것이다. 여러 기술 장교들은 이 점을 참작하여 더한층 분발하여 주기를 바란다. 그리고 오늘은 대동아전쟁 필승을 기원하여 특별 연회를 베풀 예정이니 마음껏 먹고 유쾌히 놀아 주기를 바란다."

하고 훈시를 마쳤다. 장교단들은 일제히 서서 경례를 하더니 자리에 앉아서 서로서로 잡담이 시작되었고 그러는 동안에 술과 요리가 운반되어 조용하던 좌석은 점점 요란하게 되어 갔다. 삼길이도 주임과 같이 앉아서 못 먹는 술을 억지로 마셔 가며 흥이 나서 떠들고 있는 장교들과 같이 놀았다. 그중에 이 부대에서도 가장 우수한 두뇌를 가지고 있는 S 중위란 사람이 삼길이를 찾아와 취한 얼굴을 마주 대면서

"오이![50] 삼길 군! 자네, 한잔 들게! 그렇게 사양할 것 없지 않나? 자네도 우리와 운명을 같이할 사람이니까, 하하."

하고 술을 권한다.

삼길이는 그 술잔을 받고 반배(返杯)[51]를 하였다.

48) 육군대신이 수장을 맡았던 일본 육군의 군정기관.
49) 전보로 보내는 훈령.
50) 가까이 있는 사람을 부르는 일본말. "이봐." "여봐."
51) 받은 잔의 술을 마시고 준 사람에게 술잔을 권함.
52) 일본 훈장 제도에서 가장 높은 등급의 훈장.

S 중위는 그 술을 마시더니

"음……. 삼길 군이 주는 술은 특별히 맛이 있는데, 하하. 그런데 연구한다는 것은 잘되어 가는가? 우리는 삼길이만 믿네! 그리고 만일 되기만 한다면 훈일등(勳一等)[52]이야, 훈일등! 하하."

하며 자기 좌석으로 비틀거리며 돌아간다.

연회가 끝나고 주임은

"삼길 군! 오늘부터는 일정한 연구실을 지정하여 줄 터이니 이 지하실에 오면은 그 방에서만 연구를 하도록 하게. 그리고 외인은 여하한 사람이라도 자네의 승낙 없이 그 연구실에 출입함을 엄금하여 주게! 이것은 그 방의 열쇠이네."

하면서 포켓에서 열쇠를 내준다. 삼길이 열쇠를 받아 보니 쇳대 위에 'No. 7'이라는 번호가 새겨 있다. 주임은 삼길이를 데리고 연회장을 나가더니 복도를 지나서 위층 계단을 올라간다. 병기 창고가 있는 곳이다. 삼길이는 뒤를 따라 병기 창고와 반대편 방향으로 걸어간다. 거기에는 마치 아파트와 같은 방이 몇 개고 연달아 있으며 도어 위에는 'No. 1 연구실' 또는 'No. 7 연구실'이라는 번호표가 붙어 있다. 이러한 방이 아마 10여 개는 복도를 가운데 두고 양쪽으로 있을 것이다. 'No. 7 연구실' 방문을 열고 들어섰다. 썰렁한 시멘트 밑바닥에 책상과 의자가 놓여 있을 뿐이다. 그야말로 유치장 속에 들어가는 판이다. 그래도 연구실이라는 명칭 아래 독방을 주니 감사하기는 하다. 주임은 그 방을 안내만 하고 그대로 내려가 버린다. 삼길이도 이 방을 구경만 하고 여러 가지 연구 서적을 준비하러 아래층으로 내려가 얼마 후 'No. 7 연구실'에 돌아왔다. 그리고 삼길이는 의자에 앉아서 여러 가지로 생각을 하다가 어느덧 책상에 엎드려 잠이 들었다. 때는 새벽 2시경이나 되었는지…….

"딱! 딱!"

하는 노크 소리와 함께

"문 좀 열어라! 오이! 나다!"

하는 소리에 깜짝 놀라 눈을 뜨고 삼길이는 문을 열었다.

오, 거기에는 S 중위가 술이 만취하여 두 눈은 미친 사람 모양으로 뒤집어지고 한 손에는 무시무시한 권총을 들고 서 있다.

S 중위는 권총을 삼길이의 가슴에 대며 방 안으로 삼길이를 밀고 들어온다. 그는 취한 얼굴에도 무슨 심각한 고민이 있는지

"후유……."

하고 한숨을 쉬더니 어리벙벙하고 서 있는 삼길이에게

"여보게! 삼길 군! 자네는 나 다음에 죽을 사람이야, 하하."

하고 미친 사람 모양으로 심장을 자를 듯한 무기미스러운 너털웃음을 웃었다.

"뭐? 너 다음에 죽어? 아니, 무슨 말인가?"

삼길이는 너무 뜻하지 않은 말에 들었던 손을 내리고 한

발짝 물러섰다.

"삼길 군! 자네는 모를 거야. 이 지하실 마굴의 비밀 암살을! 그리고 아아! 무서우이……. 무시무시한 살인 사건을……. 자네도 벌써 이 허울 좋은 연구실에 들어왔으면 사형 선고를 받은 사람일세, 하하."

삼길이는 한밤중에 너무나도 무시무시한 말에 놀랐다.

"뭐이라고? 살인? 사형? 오, S 중위! 자네가 취중에 사람을 농락하는 말은 아니지!?"

"자! 삼길이! 이 권총을 자네가 받을 것인가, 또는 자네가 나를 살릴 것인가, 둘 중의 한 가지 방법뿐!"

하며 권총을 삼길이의 가슴에 바짝 댄다.

"오, S 중위! 자네가 나를 죽이기 전에 자네를 살릴 방도란 무엇인가 자세히 말을 하게!"

"음! 말을 할까? 말을……. 그러나 안 될걸? 벌써 나의 동지 수 명도 허울 좋은 이 지하실에서 무시무시한 죽음을 당하였는걸……. 자네가 할 수 있을까? 하하, 우리 일본 사람도 못 하는 것을 자네가? 하하, 문제가 안 돼, 안 되네!"

하더니 들었던 권총을 노리개처럼 손에 들고 비틀비틀 방 안에서 돌아다닌다.

"여보게! 뭘 못 한단 말인가? 무엇이 문제가 안 되는가 말이야, 음?"

삼길이는 어린애를 달래는 듯이 의자에 앉아서 천연한 태도로 물었다.

"자네가 내 말을 듣겠나? 그리고 내가 말하는 것을 내게 줄 수 있겠나 말이다?"

S 중위는 번쩍 고개를 들고 삼길이에게 바짝 달려든다.

"들을 수 있는 문제면 얼마든지 듣지. 도대체 자네는 무엇을 달라고 하는가?"

"음! 자네가 내 말을 듣는다면 말을 하지. 자네가 지금 설계하고 있는 도면을 내게다 양보하란 말이야. 자네는 머리가 좋으니 벌써 무엇인가 이미 설계 도면이 되어 있을 테니……."

"뭐? 도면?"

"그래!"

한참 둘이 서로 눈만 쳐다보며 있다. 삼길이는 기가 막혀

"도면? 도면 말인가? 아직 안 됐네. 또 되었다 하더라도 그 도면으로 인하여 자네가 죽고 사는 데 무슨 관계가 있단 말이야?"

"음! 도면이 없어? 없어……. 안 됐어? 하하, 자네도 7호야, 7호. 하하."

"뭐? 7호?"

"음! 7호다! 나는 6호다. 나는 내일이면 기한 날짜야! 죽어! 내가 죄도 없이 죽는단 말이야……. 하하. 그다음은 자네 순번이야, 하하."

S 중위는 미친 사람같이 웃다가 울다가 혼자서 흥분된 얼굴로 중얼거린다. 그 태도가 너무나 이상하여

"뭐? 죽는다? 기한 날짜가 어떻단 말이야……. 오이, S 군!"

"하하, 삼길이! 자네도 잘못 걸렸네……. 이 지하실에 한 번 들어온 사람은 그냥은 사바 세상에 못 나가는 법이야. 나도 자네와 같이 지금으로부터 6개월 전에 고향에서 출정하여 T 대좌 앞에서 '방공 병기'를 연구하라는 명령을 받았었네. 그 기한이 3개월! 3개월에 못 하니 6개월, 내일이면 기한이야. 나는 여섯째 번 낙오자야……. 자네가 일곱째 번 인물! 나보다 먼저 온 사람은 기한 날짜만 되면 '땅!' 이야, '땅!' 죽어, 죽어……. 자네도 기한 날짜가 5일밖에 더 남았나? 단념하게……. 자네도 '땅!'이야, 하하."

삼길이는 몸에서 식은땀이 났다. 무시무시한 지하실의 비밀! 암살! 왜놈들도 명령 날짜에 어그러지면 '죽음'으로써 비밀을 보존한다.

'오, 나는 왜놈들에게 돌렸다![53] 생명을 던지는 것은 싫다! 개죽음은 싫다!'

삼길이도 미칠 듯하였다. 그러나 지금은 빠져나갈 도리가 없다. S 중위는 미쳐서 뛰다가 돌연

"삼길 군! 자네에게 내 바통을 인계하네. 나는 내일 죽기 싫은 죽음을 하기 싫어. 나는 낙오자야! 나는 저 나라로 먼저 가네. 내가 차라리 내 생명을……. 오, 어머니……!"

하고 중얼댄 다음 순간

53) 그럴듯한 꾀에 속다.

"땅!"

하는 총소리가 가슴을 써늘케 했다. S 중위는 목 밑부터 머리까지 뚫리어 피투성이가 되고 말았다.

'오! S 중위의 죽음! 나도 며칠 후면? 아, 무섭다……. 피! 죽음! 죽음!'

삼길이는 덜덜 떨리는 몸을 바듯이 이끌고 문짝을 차 던지고 연구실을 튀어나왔다. 그러나 이 무시무시한 지하실에서 어디로 피신할 곳이 있으랴?

'오, 이 비밀! 악마의 마굴! 죽음의 마굴! 오, 7호! 7, 7이다……! 살인 번호다! 그러나 나는 산다! 정신을 차려라! 정신을……. 그리고 태연스럽게 내려가자.'

삼길이의 혼란한 머릿속에서도 무시무시한 공포! 떨리는 사지를 억지로 안정시키며 아래층 정보실 문을 때렸다. 하마모토 주임은 '새벽의 죽음'을 모르는 듯 베드에서 잠을 자고 있다. 삼길이는 가만히 그 주임을 깨웠다.

"주임! 주임!"

"누구야? 밤중에 깨우는 사람은!"

"삼길이오. 몸이 불편하여…… 집에 가야겠소, 떨리고 머리가 아파서 못 견디겠소."

"음! 그러면 같이 가지."

하며 베드에서 일어나 몸을 차리고 삼길이와 같이 무시무시한 마굴에서 나왔다.

벌써 주임이 연락하였는지 마굴에서 나오는 구멍 가까

이 기다리고 있던 관동군 전용 하이야[54]에 몸을 실었다. 넓은 벌판을 지나 신징 시내를 질주하던 자동차는 삼길이의 집 앞에서 정거하였다. 삼길이는 차에서 뛰어내려 맞아 주는 이 없는 썰렁한 방에 이불을 덮고 누워 잠을 이루려 하였으나 도무지 잠이 오지를 않았다.

무시무시한 마굴의 살인? S 중위의 고백……. 자살……. 7호? 죽음…….

눈앞에 어른어른하는 악영(惡影)……. 삼길이는 정신이 미칠 것 같다.

'에잇! 잊어버리자! 냉정한 마음으로 최후까지 싸우자!?'

잠을 이루기 위하여 몸부림을 치다 책상 위에 놓여 있는 책에 우연히 마음이 끌렸다.

미국 어느 문호가 지은 〈태풍〉이란 소설책이다. 삼길이는 이 책을 회사의 도서실에서 어제 빌려다 놓고 한 번도 읽지 않았다. 그 책은 남미국에 있는 아르헨티나, 칠레, 브라질 등 열대 지방의 풍토기였다. 첫 페이지서부터 흥미를 끌어 삼길이는 정신을 잃고 읽어 갔다. 시간 가는 줄을 모르고 읽고 있다가 문득 생각이 나서 손시계를 보니 벌써 새로 4시가 넘었다. 그래도 삼길이는 잠이 안 오고 머리는 더욱더욱 밝아 간다. 또다시 그 책을 들어 읽어 가니 이러한 구절이 나왔다.

54) 전용차나 전세차를 가리키는 일본말.

…… 어느 토인 부락에서는 마침 풍년제를 지내는 기도연(祈禱宴)이 시작되었다. 남녀노소를 막론하고 그 부락민은 총출동하여 이상한 음악에 맞추어 가며 춤을 춘다. 우리가 볼 때는 마치 악마의 장난과도 같으나 그네들은 그 놀음이 제일로 하느님의 복을 받을 일이라고 믿고 있었다. 그때 마침 난데없는 바람이 분다. 그리고 하늘에는 검은 구름이 끼더니 소낙비가 내린다. 이것이 스콜이라 부르는 것이다. 이 소낙비는 더욱더욱 쏟아지며 하늘에서는 우레 소리가 요란스럽게 들려온다. 부락민은 난데없는 소낙비에 이제까지의 흥은 어디로 갔는지 갈팡질팡 아우성 소리를 치며 흩어져서 자기 집으로 달음질을 친다. 바람은 야자나무의 뿌리라도 뺄 듯이 요란스럽게 불어온다. 하늘에서는 무서운 우레 소리와 번갯불이 친다. 토인들은

"앗! 태풍이다! 스콜이다!"

하면서 큰 소리로 외치며 공포심과 불안에 갈팡질팡하고 돌아다니며 피난처를 찾는 모양이다. 앗! 벼락이다! 우르르 하고 천둥이 한 번 울리더니 '딱!' 하고 벼락이 내렸다! 오오! 봐라! 저 부락에는 난데없이 불이 난다.

"불이다! 불이다!"

소낙비는 기운을 더 낸 듯이 쏟아지는데 불기운은 전

부락을 한꺼번에 감아 먹는 듯이 퍼져 간다. 거기에는 지옥과도 같은 무참한 광경이 전개되었다.

갈 바를 모르고 헤매던 토인들은 하나씩 둘씩 쓰러진다. 그때 또 한 번 우레 소리와 함께 '딱!' 하는 소리가 난다. 벼락이다! 아아…… 하느님도 무심해라. 이 불쌍한 토인 부락을 수라장에서 죽음의 지옥으로 인도한다.

벼락의 힘! 오오, 수백 명의 생명을 한꺼번에 불살라 버린 벼락! 그야말로 하느님이 가지고 계신 유일한 무기일 것이다! 일순간에 없어진 그 부락에는 또다시 햇볕이 쪼일 것인가……?

––––––––––––

삼길이는 정신없이 열심히 이 구절을 읽더니

"오오! 이것이다! 벼락! 벼락! 벼락이다! 벼락!"

하고 미친 사람 모양으로 방 속에서 이불을 차 던지고 외친다.

"되었다! 돼! 음! 되었다!"

혼자서 좋아하며 무엇인지 머리에 떠오르는 것이 있는지 삼길이는 책상 앞에 앉아서 넋을 잃고 흥분된 얼굴로 천장만 쳐다본다.

"벼락! 이 벼락이 무엇이냐? 벼락은 전기다. 하늘에서 구름에 양전기와 음전기가 생겨 이 두 개가 부닥쳐서 일어나는 '방전'이다! 이 방전을 연구하자! 그리고 땅에서 하늘에다 벼락을 쏘아 보자! 사람은 무엇이든지 안 되는 것이 없어! 음, 돼! 되지. 하면 된다! 돼……."

하고 그는 혼자서 두 주먹을 꽉 쥐고 미친 사람 모양으로 중얼거린다.

# 5  설계된 방전탑

삼길이는 무엇인지 머리에 떠오르는 제육감을 느끼고는 책상에서 방전에 관한 책을 끄집어내어 열심히 읽고 있었다. 그리고 전기에 관한 책을 이리저리 뒤져 보고는 혼자서

"음! 그렇게 해서……. 옳다! 되어 간다. 음! 그런데 벼락이란 것은 무엇이냐? 그것은 하늘에 모인 구름의 충돌에서 일어나는 강력한 충격 방전이다. 이 벼락을 인공적으로 만들 수가 없을까?"

하고 혼자서 중얼거린다. 그때 삼길이는 일전에 회사 제1시사실에서 구경한 〈방전과 전쟁〉이란 영화가 언뜻 머리에 떠올랐다.

'음! 독일에서 ○○○만 볼트 이상의 방전 장치를 이미 시설하고 있는데……. 음! 그러한 장치로 해서?'

하고 생각하다가는 엄청난 공상에, 그리고 난관과 의문에 봉착하여

"에잇!"

하며 자포자기가 되어 책을 방에 내던지고는 이불을 둘러쓰고 그 자리에 누워 버렸다. 벼락에서 힌트는 얻었다 할지라도 하룻밤에 되어 가는 그러한 쉬운 문제가 아니었다. 삼길이는 이불 속에서 여러 가지로 생각하고 공상을 하며 또한 고민을 하다가 어느덧 잠이 들어 버렸다. 그날 밤에 삼길이는 이상한 꿈을 꾸었다.

---

꿈 이야기

삼길이는 지금 조선의 영산인 백두산 속에서 자기도 모르게 헤매고 있었다. 거기는 울창하게 하늘을 가리고 서 있는 밀림 속이다. 삼길이는 그 수풀 속에서 갈 길을 잃은 듯이 갈팡질팡 헤맨다. 그때다! 난데없는 소낙비가 내리더니 '딱!' 하고 벼락을 때린다. 그리고 '우르르……' 하고 천둥이 울려온다. 삼길이는 '앗!' 하고 옆에 서 있는 커다란 귀목나무[55] 하나를 붙잡고 몸을 떨었다. 또 한 번 번갯불이 '빤짝!' 하더니 '딱!' 하는 소리와 함께 삼길이가 잡고 있던 나무는 쓰러진다.

"오, 사람 좀 살려 주오……."

하고 삼길이는 쓰러져 가는 나무를 껴안고 외친다. 그랬

[55] 느티나무

더니 어디선지

"오!"

하고 무슨 소리가 난다. 삼길이는 놀라며 그 소리가 나는 데를 살펴보았다. 그때다! 삼길이의 옆에는 하얀 옷을 입은 늙은 노인 하나가 9척이나 되는 커다란 지팡이를 들고 서 있다.

"앗! 당신은?"

하며 삼길이는 덜덜 떨리는 목소리로 외치며 몸은 자기도 몰래 떨렸다.

괴노인은 엄숙한 소리로

"오, 네가 삼길이지? 나는 이 백두산에 사는 벼락 귀신이다. 네가 여기에 올 것을 알고 만나러 왔다. 네가 벼락을 연구하려고 여기까지 온 것은 대단히 기특하다. 내가 너의 마음이 기특함을 알고 너를 데리고 벼락 만드는 곳을 구경시키려 하노라."

하며 삼길이의 허리끈을 잡더니 어디론지 공중으로 떠서 하늘로 몸이 올라간다. 삼길이가 자기 몸이 한없이 하늘로 올라감을 깨달았을 때는 벌써 무시무시한 지하실 마굴 비밀 연구실에 자기 혼자서 앉아 있었고 제도판 위에서 무엇인지 설계를 하고 있었다.

"오! 되었다! 이것이다! '방전탑'이다!"

하며 미친 사람 모양으로 외치는 그때였다. 그 괴노인이 또다시 삼길이의 옆에로 나타나더니

"삼길 군! 내가 너에게 일러 줄 비결은 다 일러 주었다! 그러나 너는 이 설계를 왜놈들한테 말하지 말라! 너는 어떠한 유혹과 고생이 있더라도 이것을 비밀에 부치고 있으면 반드시 몇 년 후에 알 때가 있으리라."

하고는 어디론지 사라져 버린다.

———————————

그 이튿날 아침 삼길이는 잠을 깨어 어젯밤 꿈을 생각하여 보았다.

'오, 이 꿈이야말로 나의 앞날에 광명과 영광을 주는 하느님의 현몽인가 보다. 이 꿈대로만 하면 반드시 성공한다.'

하는 이상한 희망과 어느 힌트가 머리에 뜬다. 삼길이는 아침을 먹고 회사에 출근하였으나 머리에는 이 연구에 대한 생각뿐이었다. 삼길이는 혼자서 공상하였다. 책상 위에 책을 펴고 여러 가지로 계산 해 보며 도면을 그려도 보았다.

'벼락은 충격 방전이며 파장은 ○m 이하이고 전력은 수백만 kW이며 그 방전하는 전압은 ○○만 kW 이상인 초초단파(超超短波)이다. 그리고 벼락은 지향성을 가지고 있는 전파다.'

하는 이론에서

'그렇다면 전파는 지상에서 어디까지 올라가는가?'

하는 의문이 났다.

이 전파는 지구상에서 대류권을 넘어 성층권을 넘어서 전리층까지 간다. 이 전리층까지의 거리는 100km(E층)와 230km~400km(F층)까지 간다. 이러한 점을 생각하여 삼길이는 다음과 같은 몇 가지의 의문을 생각하여 보았다. 즉 벼락을 지구상에서 하늘에다 방사하려면

1. ○○○만 kW 이상의 전력이 필요한 것.
2. ○○만 kW의 전압이 필요한 것.
3. 파장이 ○m 이하인 초초단파를 만들 것.
4. 전파를 입체각으로 전개하여 임의의 솔리드를 만들어 방사할 것.
5. 전파는 대류권 권내(지상에서 12km)까지는 순간적이고 강력한 전기 에너지를 갖게 할 것.

등이었다.

이리하여 이 문제를 실질상으로 또는 기술상으로 가능하게 설계할 수 있을까를 생각하여 보았다. 삼길이는 여러 가지로 연구한 결과 이 다섯 문제에 대하여 다음과 같이 생각해 보았다.

---

56) 조선의 북쪽 지방.
57) 놀랍게도.
58) 전환, 변화이라는 뜻의 일본식 한자어.
59) 야간 공습에 대비해 등불을 모두 가리거나 끄게 하는 일.

1. 전력 문제는 어떻게 해결할 것인가?

동양 지도를 펴 놓고 백두산에다 컴퍼스의 다리를 대고 반지름 ○○○km의 원을 그리면 그 원 안에 들어가는 북선(北鮮)[56]과 남만주 일대는 전부 발전소 지대가 되며 특히 수풍발전소를 비롯하여 허천강, 장진강, 부전강발전소, 또는 만주의 지린(吉林)에 있는 대풍만발전소, 기타 푸순(撫順)에 있는 화력발전소 등을 합하면 물경[57] ○○○만 kW를 초과할 발전 능력을 가지고 있다. 그러니 이 전력을 동시에 집중시키려면 각 발전소의 중심지를 채택하여 거기에다 방전국을 건설하자! 그리고 각 발전소에서 이 방전국까지는 지하로 송전선을 묻어서 송전시키게 하고 유사시는 이 방전국에서 신호 스위치만 누르면 각 발전소에서는 이제까지 송전하던 전력을 끊고 이 방전국으로 절체(切替)[58] 송전하게 한다. 그러면 일순간에 전국은 등화관제[59]가 될 뿐 아니라 이 전력은 전부가 방전국으로 집중되어 몇 백만 kW의 전력을 순간적으로 얻을 수가 있다.

2. 전압을 어떻게 하여 ○○○만 kW까지 올리느냐?

현재 수풍발전소에서 평양, 진남포로, 또 허천강발전소에

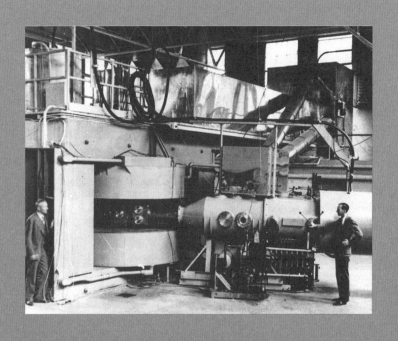

• 사이클로트론

서 흥남, 청진에 이르는 송전 전압은 22만 볼트이다. 이 22만 볼트의 특별 고압을 흥남고주파질소비료공장에서는 ○○○만 볼트로 승압하여서 고주파로 만들어 사용하고 있다. 고로 이 22만 볼트의 전압을 ○○○배만 올리면 ○○○만 kW의 전압을 얻을 수가 있다는 것은 기술상 그다지 어려운 일이 아닐 뿐 아니라 특수 고압 변압기도 제작할 수가 있는 문제이다. 따라서 이 문제도 기술상으로 가능한 문제일 것이다.

### 3. 사이클로트론[60]에 대한 문제

미국에서 1933년에 밴 더 그래프 박사로 하여금 발명된 정전(靜電) 발생기는 그해 11월 28일에 최초로 시험하였다. 350볼트의 전기가 각 구상(球上)에 배전되어 700만 볼트의 화선(火線)이 40피트 떨어진 두 구 사이에 일어났다. 이 구에서 튀는 화선은 서로 꼬이고 비틀려 천둥과 같이 으르렁거리며 때로는 방전이 되어 실험실 지붕의 강철로 튀기도 하였다. 이 첫 시험으로 1천만 볼트의 전압까지도 얻을 수 있는 것을 알게 되었다.

이러한 거대한 전기 발생기가 발명되는 동안에 원자 분쇄 문제는 캘리포니아 대학에서 E. O. 로렌스 박사에 의하여 전연 다른 견지에서 취급되었다. 그것은 사이클로트론

60) 전자기를 이용한 입자 가속기.

의 이용이다. 1939년에는 9,600만 볼트나 되는 세력을 가진 원자 분쇄용 탄환을 획득하는 데 성공하였다. 이렇게 역사상 처음으로 과학자들은 우주선이 가진 에너지만큼 막대한 세력을 가진 연속 입자군을 그들은 생각대로 얻게 되었다. 이러한 미국의 원자력 연구가 필경에는 '원자폭탄'을 발전케 한 것이다. 사이클로트론은 방전 장치에는 불가피한 기계일 것이다. 원자 세력 문제는 신시대 과학사의 가장 큰 화제일 것이다. 여기에서 우리가 기억하여 둘 것은 특수한 종류의 우라늄, 즉 원자량 235를 가진 우라늄의 동위원소가 원자 세력 구출의 열쇠가 된 것이 발견된 사실이다.

'우라늄 235'의 존재는 1935년 시카고 대학의 물리학 실험실의 아서 뎀스터 교수에 의하여 발견된 것이다.

4. 파장을 ○m 이하로 만들어 ○○만 메가사이클의 고주파로 할 수가 없느냐?

이 문제도 특수 사이클로트론이란 방전관을 사용하면 될 수 있다(이것은 여러분이 〈인조 황금〉이란 독일 과학영화를 본 일이 있을 것이다. 그 영화에 나오는 방전 장치와 같은 것이다. 자세한 이야기는 생략한다).

5. 전파를 어떻게 발사하느냐?

방전탑이란 것을 만들어서 원반 위에다 ○○○개의 방전관이란 것을 달아 이 원반이 회전하는 속도에 따라 임의의 각도로 전개 또는 축소하는 방법이다(이것은 마치 비 우산대를 거꾸로 세워 놓고 비 우산의 살이 퍼졌다 오므라졌다 하는 것과 비슷해서 여러분은 실험해 볼 수 있을 것이다). 그리고 비 우산을 빠른 속도로 회전시키면 자연히 우산이 전개되며 속도가 감소될수록 그 우산은 오므라짐을 깨달을 것이다. 이 원리로써 입체각을 자유로 만들 수가 있다. 이 입체각은

1) 비행기의 높이와 반비례하며 또한 비행기의 대수, 속도, 방향에 따라 마음대로 전개할 수가 있다.

2) 각 방전관에서 방사되는 전파는 또한 서로서로 교차되어서 원추형의 전파 감응 대역이 된다. 이러한 여러 가지의 설계로써 전파 발사도 가능하다.


6. 전파 감응 지대가 어디까지 유효하냐?


현재 B29 비행기는 높이 10km 이상은 비행하기가 곤란하다. 그 이유는 공기가 상공으로 갈수록 희박하여지기 때문이다. 비행기의 프로펠러는 공기가 없는 데에서는 필요치 않다. 고로 지구상에서 최고 한도로 12km 내지 15km(즉 대류권 권내)에서만 비행할 수 있는 것이다. 또 장래에 로켓 비행기가 출현하여 달세계까지라두 갈 때에는 별문제

지마는 현재의 이론상에서는 12km 이상은 곤란하다. 그런고로 이 전파 대역은 10km 내지 15km까지를 최대로 유효하게 설계하면 된다. 그리고 전파는 지상에서 100km 이상 전리층까지 가서 반사, 투과, 굴절하기 때문이다. 이는 마치 전파 탐지기의 원리와도 같다. 그리고 이 방전탑이 비행기를 포박하는 상태는 마치 고기잡이가 투망을 물 속에다 던져서 원을 그려 갈앉는 그 속으로 고기는 아래위, 옆에 유영하던 것이 전부 일망타진된다는 것에서 우러난 원리로 설계하였다. 이 전리층의 발견은 서기 1902년에 미국 사람 케넬리와 영국 사람 헤비사이드 박사로 하여금 발견된 것이다. 그리하여 이것을 K·H층이라고도 한다. 그리고 이 방전국 내부는 지하실에 장치하여 수전실, 변전실, 방전실, 배전실이 있고 특수 고압 변압기 장치와 방전관(고주파로 변경하는 사이클로트론) 장치와 그 외에 배전반 장치가 있으며 산 위로 방전탑이 나와서 하늘을 향하여 있는 것이다.

이러한 삼길이의 생각은 학술상 또는 기술상으로 절대 가능한 일이었다. 그리하여 삼길이는 비밀히 여러 날을 불철주야로 연구하여 그 설계서와 도면을 만들어 보았다. 그러나 그 규모와 공작이 너무나 엄청나게 컸었다. 그래도 이 꿈이야말로 10년, 20년 후에는 반드시 우리나라에서 실현할 수 있는 꿈이라고 생각하였다.

삼길이는

"오, 되었다! 방전국이! 그리고 방전탑이!"

하고는 불면 철야하여 만든 그 설계서와 도면을 보고 만족의 미소를 띠며 이것을 담배서랍61)만 한 자그마한 궤 속에다 넣어서 그 궤는 암호식으로 분해가 되게 만들어 책상 밑에다 감추어 놓았다.

---

61) 담배를 담는 용기. 담배합.

# 6  제2의 유혹

정보사령한테서 비밀 명령을 받은 날짜도 이미 3개월이 지난 1945년 3월 중순 어느 날이었다. 삼길이는 아픈 사람 모양으로 하얀 얼굴을 하고 회사 연구실에서 사무를 보고 있었다.

만주에서도 3월 중순이면 눈이 녹아 가고 얼음이 녹아서 따뜻한 새봄의 기운이 떠올라 오는 때다. 사람들도 집안에서 스팀에만 붙어 앉아서 몇 달 동안을 태양 빛을 모르더니 따뜻한 햇볕에 창문을 열고 이 태양 광선을 마음껏 쬐려고 처마 끝에 나오고는 한다.

삼길이도 새로운 봄을 맞이하였으나 언제나 우울한 기분이 떠나지를 않았다. 삼길이는 사무를 보다가 밀창을 열고 따뜻한 새봄의 햇볕을 쪼이며 먼 곳 신징 시내를 바라다보고 서 있었다. 후지노는 옆에서 타이프를 찍으며 분망하다는 듯이 엄숙한 얼굴을 하고 있다.

회사 3층 창문을 열고 햇볕을 쐬려고 문밖을 내다보고 서 있던 삼길이는 문득 아래 현관 앞으로 옆 대어 있는 도로 위에서

"삼길 씨! 삼길 씨! 날 좀 봐요!"

하고 소리쳐 부르는 이사장 비서 마사키를 보았다.

마사키는 18세가량 보이나 벌써 어른 태가 나며 이성적이고 근대적 미인이었다. 그리고 귀부인 태가 나며 명랑한 가운데에도 눈초리에는 헤아릴 수 없는 무엇인지를 가지고 있었다. 삼길이는

"오, 마사키 상, 안녕하세요."

하고 소리쳤다.

"네! 잠깐 여쭐 말씀이 있으니 이리 내려오세요!"

하고 삼길이를 쳐다보며 손짓을 한다. 삼길이는 창문을 닫으며

"네! 곧 내려가겠습니다. 그대로 계십시오!"

하고 큰 소리로 외치고는 3층에서 아래층으로 달음질을 하다시피 내려가서 길가에 서 있는 마사키 옆으로 갔다.

"호호, 그렇게까지 달음질하셔서 오실 것 없지 않아요? 제가 그렇게도 보고 싶으세요?"

하고 혼자서 웃고 나더니

"삼길 씨! 내일 오후 3시까지 이사장 별장으로 좀 와 주

세요, 네? 오늘 이사장께서는 무슨 하실 말씀이 계시다고 아침에 저보고 좀 삼길 씨한테 전해 달라고 그러시더군요! 삼길 씨! 또 무슨 좋은 일이 계시나 보지……. 호호."

'이사장께서 부르시다니?'

삼길이는 의혹의 눈초리를 하며

"정말이세요? 이사장이 저를 부르세요?"

하고 반문하였다.

"네! 누가 거짓말할까 봐……. 삼길 씨도 참. 3시까지 꼭 가 보세요, 네! 그리고 요사이는 도무지 만나 뵙기가 드물어요. 저도 한번 놀러갈 테에요."

하며 삼길이의 얼굴을 한번 쳐다보더니 그대로 현관 앞으로 걸어간다. 삼길이는 혼자서 어리벙벙하고 서 있다가

"이사장이 나를 찾아? 무슨 일이 또 났나 보다."

하고 중얼거리며 마사키와 현관 앞에서 헤어지고 사무실로 들어와 의자에 앉았다. 옆에서 타이프를 찍고 있던 타이피스트 후지노가

"삼길 씨! 아까 재미 많이 보시더군요? 호호. 그 마사키 상을 잘 아세요?"

"별로 잘 알지는 못합니다. 일전에 한번 인사를 하더구먼요. 그래서 좀 알게 되었어요. 그런데 후지노 상! 그 마사키 상이란 어떠한 여자인지 잘 모르시겠어요?"

하고 삼길이는 반문하였다. 후지노는

"자세히는 모르겠어요. 그러나 그이가 아마도 이사장하

고 친척 간이 된다지요? 이사장 부인의 여동생이라나요? 삼길 씨는 그 여자를 좋아하시는 모양이시군요. 자꾸만 물어보시는 것이……."

삼길이는 자못 얼굴을 붉히며

"아니요, 제가 그러한 자격이 있나요? 하하."

하고 한바탕 껄껄 웃어 버렸다.

오늘도 하마모토 주임은 출장으로 자리에 없었다. 후지노는 찍고 있던 타이프를 놓고 일어서서 삼길이의 책상 가까이 걸어오며

"삼길 씨! 저와 같이 제 집으로 놀러 가시죠. 오늘 우리 아버지 생일이에요. 그래서 약소하나마 삼길 씨하고 저녁이나 같이할까 하고……. 그리고 우리 집도 한번 구경하시는 것도 좋지 않아요? 아버지도 좋아하실 것이에요. 꼭 같이 갑시다."

삼길이는 후지노란 여자가 자기에게 무한한 호감을 가지고 있다는 것은 이미 짐작은 하였으나 그의 집까지 가 본 일은 없었다.

"글쎄요, 대단히 감사합니다. 그러나 오늘 저녁에 다른 친구와 약속한 일이 있어서……."

하고 사양하는 듯이 말하였다.

"뭐요? 친구와 약속이라고요? 호호, 또 마사키 상하고 랑데뷰[62]나 하실 계획이 아니세요? 오늘 저녁만은 제가

62) 만날 약속. 만남.

삼길 씨를 모실 테니 친구와의 약속은 다음날로 미루시지요. 그리고 삼길 씨도 아직 총각이시니까 여러 가지로 불편하시지요. 요사이는 더욱이 안색이 좋지 못하시구려……. 퇴근 시간도 다 되었으니 같이 나갑시다, 어서."

하며 자기 외투를 입기 시작한다. 삼길이도 할 수 없이 외투를 주워 입고 서류가 든 손가방을 들고 사무실을 나왔다. 후지노는 자기의 소원이 풀어진 희열과 만족감에 미소를 띠며 회사 현관을 지나 전차 정류장에서 전차를 기다렸다.

"후지노 상! 댁이 어디쯤 있는가요?"

"삼길 씨도 참! 저만 따라오시면 되지 않아요? 가르쳐 드리면 재미없어요."

"하하, 그런가요. 그러면 아버님은 무엇을 하시는가요?"

"그것도 비밀이에요. 그리고 아버님은 가 보시면 삼길 씨가 혹시 아실지도 모르지요, 호호."

삼길이는 의외에도 호기심이 일어났다. 그때 전차가 러시아워의 초만원으로 정거하였다. 삼길이는 후지노의 손목을 이끌어 초만원인 전차 속으로 인도하였다. 움직여 가는 전차 속에서 밀치락달치락하는 충동에 여성의 특수한 향기는 삼길이의 마음을 더한층 못 견디게 하였다. 언제까지나 이 충동이 계속되면은…… 하는 이상한 심리 상태가 깨었을 때는 어느덧 전차가 관동군 사령부 앞 정류장에서 정거하였을 때다. 후지노도 어떠한 꿈에서 깬 사람같이 깜박 정신을 차리고 전차를 내렸다. 후지노는 삼길이에게 눈짓을 하며 사령부를 뒤로 꼬부라져서 관동군 관사가 즐비하게 있는 골목으로 들어간다. 삼길이는 의아한 마음이 났으나 뒤를 따랐다. 한참 후에 2층으로 된 문화주택[63]으로 들어가서 현관에 있는 벨을 울리니 하인이 문을 끌러 준다. 삼길이는 후지노의 뒤를 따라 안으로 들어가 2층 서재로 안내를 받았다. 2층은 양실이다. 소파 앞 라운드 테이블 위에는 시가렛 케이스가 모양 좋게 놓여 있고 양쪽 벽에 놓여 있는 문고엔 서적이 수천 권 질서 있게 꽂혀 있다. 삼길이는 소파 의자에 앉아서 주인공이 나오기를 기다렸다. 한참 후에 어여쁘게 화장한 후지노가 오차본[64]을 들고 들어온다. 그는 오차를 권하며

"오랫동안 기다렸지요. 아버님도 곧 나오실 것입니다."

하면서 삼길이가 앉은 의자 정면에 앉는다.

"아니요, 뭘. 그런데 후지노 상은 더욱이 어여뻐졌습니다그려, 하하."

"삼길 씨도 별말씀을 다 하세요."

하고 부끄러운 듯이 몸을 움직인다.

바깥에서 기침 소리가 나더니 누가 도어를 연다. 삼길이는 긴장한 얼굴로 일어서며 도어 쪽을 바라다보았다.

'앗! F 소좌! 후지노 헌병대장!'

하고 삼길이는 놀랐다. 저 지하실에서 몇 번이고 보던

63) 일제강점기에 서양식 외관과 구조를 따라 보급된 주택 양식.
64) 찻잔을 얹는 쟁반을 뜻하는 일본말

관동군 헌병대장 F 소좌다. 비록 그가 평복을 입었으나 분명코 F 소좌가 틀림이 없었다.

"하하, 삼길 군! 우리 집에서 만나게 되니 나는 대단히 반갑네. 딸애한테 자네의 소식은 날마다 듣고 있는데…….자, 그 의자에 앉게."

하며 삼길이가 오기를 예측한 듯이 웃으며 의자에 앉는다. 삼길이는 놀란 듯이

"대장님께서 후지노 사무원의 아버님이 되신다는 것은 꿈에도 몰랐습니다."

하며 인사 겸 말을 건네 보았다. 후지노는 아버님과 삼길이의 좌담을 듣기가 거북한 듯이 자리를 피하고 나가 버렸다. F 소좌는 그의 딸이 나가는 뒷모양을 사랑스러운 듯이 쳐다본 다음 다시 엄숙한 얼굴을 하고 삼길이에게 말을 건넨다.

"삼길 군! 자네는 우리 일본을 위하여 싸우는 훌륭한 과학자야! 나도 그대의 노력에는 스스로 머리가 숙여질 때가 많은걸……. 내 딸애도 자네에게 호감을 가지고 있는 모양이지? 하하."

하며 담배를 하나 물고 불을 댕긴다.

"삼길 군! 나는 가장 자네를 믿고 사랑하는 한 사람으로 자네에게 놀라운 정보를 제공하겠네. 만일 이것이 사실이라면 자네도 여기에 대하여는 적극적인 협력을 하여 주기를 바라네!"

하며 담배를 한 모금 빨더니

"여보게! 이 신징 시내에 조선 사람으로만 조직된 비밀
결사가 있다는 정보가 있는데……. 이 '결사'는 순전히 배
일사상과 관동군 파훼(破毁)[65]를 목적으로 하는 불순분
자인 듯한데, 도무지 그 단서를 잡을 수 없으니 도대체……
그 교묘한 조직과 활약 인물을 모르겠네. 혹시 자네가 그
러한 소식을 듣지 않았나? 또한 자네도 그들에게는 반동
분자일 테니 조심하여 주기를 바라네. 그리고 무슨 단서만
있으면 바로 나에게 알려 주기를 바라네."

하며 가장 삼길이를 생각한 듯이 말하는 그의 눈초리는
삼길이도 또한 흑막이 있는 사람처럼 보고 있는 태도였다.
삼길이는 가장 놀라운 소식이면서도 우리 동포들이 왜놈
들의 눈을 피해 가면서 이렇게까지 왜놈들을 위협하며 활
약하고 있는 사실을 들을 때 새삼스레 민족의 피가 살았다
는 쾌감을 느꼈다. 그리고 마음속 깊이깊이 그들의 성공을
빌었다.

삼길이는 태연한 태도로

"오, 그런 일이 있을까요? 처음 듣는 일입니다. 대장께
서도 좀더 조사하시어 세밀한 그네들의 내막을 알려 주시
면 저 자신으로서도 조사하여 보지요."

하고 대답을 하고 있으니 대장의 딸이 저녁 준비를 하여
가지고 들어온다. 후지노는 삼길이 옆에 앉아서 자기 부친

65) 깨트리어 헐어 버림.

과 삼길이에게 술을 권한다. 그리고 삼길이에게

"삼길 씨! 우리 아버님이 헌병대장인 줄은 모르셨지요? 저도 회사에서 타이피스트 노릇을 하고 있지만 실은 아버님의 일을 도와 드리고 있답니다. 관동군 정보원이에요. 그리고 삼길 씨가 무엇을 하시고 계신가도 잘 알지요. 저는 삼길 씨를 존경하며 믿어요. 조선 사람이지만 우리 관동군에 협력하시니까 일본인 이상으로 대우한답니다. 호호, 삼길 씨도 저와 같이 협력하여 아버님의 일을 도와 드립시다. 이 술을 드시고 아버님에게 맹세하세요, 네!"

하며 컵에다 술을 가득히 부어 준다. 삼길이는 술을 한 잔 마시고 나서 컵을 대장에게 내밀었다.

"대장님! 제 술 한 잔 드시지요. 그리고 따님과 같이 관동군을 위하여 협력함을 맹세하지요. 동시에 따님과 더욱더욱 친하게 지낼 수 있는 기회를 종종 주시면 대단히 영광스럽겠습니다."

"하하, 그것은 마음대로 하지. 내 딸애도 자네를 좋아하는 모양이니까, 하하."

대장은 만족하다는 듯이 웃는다. 후지노는

"호호, 아버님도 참! 몰라요. 그런데 참, 아버지! 일전에 말씀하시던 비밀결사의 내막을 아셨어요? S 소위가 회사에서 두목을 알았다고요, 저한테 말씀하시는데 '강(姜)' 모라나요. 삼길 씨도 주의하세요."

하며 말하는 걸 보니 S 소위란 사람이 누군지 삼길이는

• 만주 관동군 사령부
• 관동군 사령관 관사

알고 싶었다. 그리고 이 여자를 이용하여 여러 가지 비밀을 알아낼 궁리를 하며 그 집을 나왔다.

삼길이는 얼큰하게 취한 몸을 움직여서 도요야마(豊山) 백화점 앞 전차 정류장에까지 나왔다. 썰렁한 찬바람은 삼길이의 외투 머리를 흔들고 으스름한 보름달은 고요한 도회지의 저녁을 내려다보고 있다. 한참 후에 마지막 전차인지 사람 탄 기색도 없는 공차가 정거하였다. 삼길이는 기계적으로 그 전차에 올라탔다. 그리고 한쪽 구석에 몸을 던졌다. 전차는 또다시 움직인다. 삼길이가 전차 속을 한번 무의식적으로 흘겨보았을 때

'앗! 이사장 비서 마사키가 탔다?'

저편 한쪽 구석에 방한모를 깊이 쓰고 누구인지 단정하게 몸차림한, 그리고 얼굴에는 색안경을 쓴 어느 청년과 나란히 앉은 여성은 분명코 마사키 비서가 아니냐? 삼길이는 자기 눈을 의심하였다. 전차는 몇 번인가 정류장을 지나 빠른 속도로 달리고 있다.

'오, 분명코 마사키다!'

그러나 저편에서는 삼길이를 아는지 모르는지 눈을 감고 조는 시늉으로 알은체를 않는다. 삼길이는 꿈에서 깬 사람 모양으로 전차에서 내려 숙사로 걸어가며

'이상하다? 이 밤중에 어디를 갔다 오는가? 또한 그 옆에 앉은 사나이는 누굴꼬? 내일 저녁에는 이사장의 초대가 있다! 그러나 마사키란 여자, 그리고 후지노……. 아아, 나

는 모르겠다…….'

혼자서 생각하다가 그날 밤을 새웠다.

그 이튿날 회사에서 후지노를 만났으나 별다른 말 없이 오후 퇴근 시간에 사무를 끝마치고 숙사에 돌아와서 복장을 갈아입고 또다시 회사 후원에 있는 이사장 별장을 방문하였다.

이사장 별장은 회사의 후원에 서 있는 근대적 문화주택이며 그 안에는 커다란 홀이 있고 별장이라 하여도 신징에서는 유일한 사교장이었다. 삼길이는 이러한 화려하고 현란한 이사장 별장 안을 구경하는 것은 금번이 처음이었다. 현관을 들어가니 안에는 현란한 장치와 샹들리에 전등이 마치 외국 영화에 나오는 궁전과도 같았다. 복도를 지나 제1응접실에 들어가니 거기에는 벌써 성장(盛裝)[66]한 남녀 명사들이 소파에 앉아서 무엇인지 담화를 하고 있었다. 오늘은 이사장의 특별 만찬회가 있는 모양이다.

삼길이는 당황한 마음으로 현란하고 화려한 분위기에 자기도 몰래 얼굴을 붉히며 한쪽 구석에 있는 의자에 걸터앉아 이사장이 나오기를 기다렸다. 한참 후에 어느 어여쁜 일본 소녀 하나가 머리에다 꽃을 꽂고 화장한 얼굴에 미소를 띠며 안에서 들어온다.

"이사장께서는 지금 홀로 나가셨으니 그리로 안내하겠습니다."

66) 얼굴과 몸을 화려하게 꾸밈.

하며 방 안을 거쳐 응접실 도어를 열고 여러 손님을 안내하려고 방 안을 한번 힐끗 쳐다본다. 그때에 삼길이와 눈이 맞았는지

"오, 삼길 씨도 오셨구려. 어서 이리로 오세요."

하며 삼길이를 부른다. 삼길이는 그 소녀가 누구인지 잘 분간을 못하였다.

삼길이는 여러 손님들의 뒤를 따라서 홀로 들어갔다. 그 홀에는 양식 테이블이 몇 개인지 질서 있게 놓여 있고 하얀 커버를 씌운 위에는 꽃병이 하나씩 놓여 있었다. 여러 손님들은 그 소녀의 안내로 제각기 그룹이 되어 그 테이블을 한 개씩 둘러싸고 앉는다. 삼길이는 제일 말석에 혼자서 앉았다. 어디선지 전축에서 울려 나오는 아름다운 멜로디가 홀의 분위기를 더한층 황홀하게 한다.

삼길이는 이사장이 왔나? 하고 보았으나 아직 나오지 아니하였다. 홀 안에는 10여 명의 손님이 짝을 지어서 앉아 있으나 삼길이가 아는 사람은 아무도 없었다. 그런데 그 손님 중에는 만주의 고관인지 단정하게 옷을 입은 만주 사람 하나가 자기 딸인지 어여쁜 꾸냥(姑娘)[67]을 데리고 앉아 있는 것을 발견하였다. 전부가 일본 사람 손님인 줄만 알았더니 만주 사람도 있는 것을 보니 혹시나 조선 사람도 끼어 있지 않나? 하고 둘러보았으나 아무도 그러한 사람은

67) '소녀, 아가씨'를 뜻하는 중국말.
68) 만주국 건국일은 1932년 3월 1일.
69) '여러분'을 뜻하는 한자어.

118

없는 것같이 보였다. 한참 만에 이사장이 마도로스파이프를 입에다 물고 어느 고관 손님인지 네댓 명을 데리고 웃어 가며 안으로 들어온다.

삼길이는 언뜻 그 손님을 보았다.

'앗! T 대좌다!'

저 지하실 마굴 정보사령 T 대좌다. 삼길이는 또한 놀랐다. 그는 군인복에다 금몰을 걸치고 뚱뚱한 몸을 거만하게 걸으며 이사장과 이야기를 하면서 안으로 들어온다. 그 뒤에 곧이어 하마모토 주임이 들어온다. 이제까지 홀 안에 앉아 있던 손님들도 제가끔 일어나서 이사장에게 인사를 하며 악수를 하는 손님들도 있었다.

이사장은 T 대좌와 같이 상석에 앉았다. 그리고 손님들이 전부 앉은 다음 이사장은 자리에서 일어나더니 손님들에게로 목례를 하고선

"오늘은 날씨도 불순하고 일기도 몹시 추운데도 불구하고 이와 같이 만장의 성황을 이루어 주시니 본인으로서는 무한한 영광으로 생각하는 바입니다. 만주국도 건국된 지 13주년을 맞이하여[68] 이날을 경축하며 대동아전쟁의 필승을 위하여 본인은 여러 제위[69]와 함께 오늘 저녁의 만찬회가 유의의하게 끝나도록 여러 가지 재미있는 담화도 하시며 소찬을 들어 주시면 감사하겠습니다."

하고는 자리에 앉는다. 이어서 박수 소리가 나며 보이들이 양식 요리를 운반한다. 이어서 술이 운반된다. 이 술병

을 들고 먼저 안내하던 어여쁜 소녀는 손님들을 찾아다니며 술잔에다 술을 붓는다. 그사이에 T 대좌가 일어서더니

"오늘은 아마카스 이사장의 특별 초대로 이 자리에 참석한 한 사람으로서 우연히도 여러 제위들과 같이 만찬을 들게 된 기회를 얻어 본관은 무한한 영광으로 생각하는 바입니다. 오늘의 건국 기념일을 축하하여 다 같이 축배를 올리고자 합니다."

하고 술잔을 든다. 손님들도 일제히 일어나서 술잔을 들어 축배를 올렸다. 손님들이 축배를 들고 있으니 아름다운 멜로디가 흘러온다. 좌석은 점점 술잔이 오고 가고 하는 동안에 요란해졌다. 삼길이는 상대할 사람도 없이 한쪽 말석에서 혼자서 술잔을 기울이며 손님들의 얼굴만 쳐다보고 있었다. 그때다! 아마카스 이사장이 삼길이를 부르는 소리가 난다.

"삼길 군! 삼길 군! 이리 좀 오게!"

"네!"

하고 삼길이는 이사장 옆으로 가서 단정히 인사를 하고는 옆에 앉은 T 대좌한테도 목례를 하였다.

"오, 거기에 앉게! 그리고 내 술 한 잔을 들어 보게!"

하며 이사장은 자기의 술잔을 삼길이에게 내민다.

"감사합니다!"

하며 삼길이는 그 술잔을 받았다. 이사장은 말을 이어

"삼길 군! 자네한테 오늘 저녁에 만나 줄 사람이 있으니

이 연회가 끝나거든 잠깐만 남아 주게……."

하며 옆에 앉았던 T 대좌의 얼굴을 힐끗 한번 보더니 둘이서 무슨 눈짓을 하며 웃는다. 삼길이는

"네, 알았습니다!"

하면서도 의아한 마음이 나서 그 자리에 있다가

"그만 실례하겠습니다!"

하고는 자기 자리로 물러왔다. 삼길이는 자리에 앉아서 술을 한 잔 마시며

'만나 줄 사람이 있다? 누구일꼬? 무슨 수작이나 아닐까?'

하고 이리저리 생각하며 공상을 하고 있었다. 그때 누가 뒤에서

"삼길 씨!"

하며 걸어오는 사람이 있었다. 삼길이는 문득 향기로운 여성의 냄새와 아울러 자기를 부르는 사람을 뒤돌아보았다. 거기에는 아름답게 화장한 이사장 비서 마사키가 서 있었다. 삼길이는

"오, 마사키 상, 어쩐 일이세요?"

하고 의아한 듯이 물었다.

"호호, 저는 이러한 자리에 못 올 사람이에요? 참! 삼길 씨도……."

하며 삼길이의 옆에 있던 의자에 앉으며 술을 한 잔 따라 준다.

그러고는 더욱더욱 삼길이의 옆으로 바짝 의자를 다가 앉으며 빵긋! 애교 있는 웃음을 던진다.

"마사키 상, 제가 그런 의미로 말씀드린 것은 아닌데요, 하하. 참! 마사키 상은 아마카스 이사장과 친척 간이 되신다지요?"

하고는 언뜻 마사키의 눈치를 살펴보았다.

"뭐요? 친척 간? 누가 그러한 망측스러운 말을 해요?"

하며 마사키는 의아한 듯이 눈을 크게 뜨며 삼길이의 얼굴을 빤히 쳐다본다.

"하하, 그렇게 놀라실 것 없지 않아요?"

하며 삼길이는 태연스럽게 술을 한 잔 들었다.

마사키는

"호호."

하고 한번 웃더니

"삼길 씨! 오늘 저녁에는 유쾌히 노시고 또 맘껏 좋은 음식을 드세요, 네? 그리고 저도 오늘부터는 삼길 씨와 만나 뵐 기회가 드물 것 같아요……. 그러면 안녕히 계세요, 네? 호호."

하며 의자에서 일어나 뒤를 돌아다보며 어디론지 나가 버린다.

삼길이가 요리를 먹던 스푼을 놓고 마사키의 나가는 뒷모양을 쳐다볼 적에 이상한 생각이 머리에서 떠돌았다.

'이상도 하다? 오늘부터는 나하고 만날 기회가 적어진

다? 또 이사장은 나를 오늘 저녁에 불러 놓고 누구를 만나 주게 하나?'

삼길이의 마음은 쪼막쪼막하였다. 그리고 아까 이사장은 T 대좌의 얼굴을 보고 무엇인지 눈짓을 하며 웃었다. 이것은 아마도 무슨 일이 생기나 보다…… 하는 불길한 예감이 언뜻 머리에 뜬다.

그때 삼길이는 술만 마신 관계인지 우연히 WC에 가고 싶었다. 그래서 손에 들고 있던 스푼과 포크를 놓고 자리를 떠나 WC에 가느라고 홀을 나갔다. 복도를 지나서 홀과는 반대편에 있는 WC에 들어가 용무를 마치고 WC를 나오려 할 때 누구인지 변소 위 밀창을 가만히 때리며 무슨 소리로 외치는 소리가 들려온다. 삼길이는 문득 걸음을 멈추고 그 소리를 무의식적으로 들어 보았다. 그 소리는 분명한 조선말 소리다! 그리고 밀창을 때리며 외치는 소리는

"큰일 났소! 여보! 어서, 이리로 나오시오, 빨리!"

하는 듣지 못하던 조선말 소리다.

# 7  유괴냐? 탈주냐?

삼길이는 놀랐다. 그리고 발을 멈추고 밀창 너머로

"누구요?"

하고 삼길이도 역시 그립던 조선말로 외쳤다. 그랬더니
누구인지

"쉿! 당신이 삼길 씨지요?"

하고 묻더니만

"삼길 씨! 위험하니 빨리 이리 나오시오, 조용히……."

하고는 아무 말이 없다. 삼길이는 겁이 났다.

'도대체 누굴꼬? 나가 볼까? 나가지 말까? 웬일일꼬…….'

하고 생각하다가

'에이! 좌우간 나가서 누구인지 알아나 보자.'

하며 삼길이는 WC를 나가서 현관문을 열고 캄캄한 바
깥으로 조용히 나갔다. 그리고 주위를 둘러보며 WC 부근
으로 걸어갔다.

그때 삼길이의 뒤에는 검은 그림자 하나가 따르고 있었

으니 삼길이도 이는 몰랐을 것이다. 그 그림자는 삼길이가 WC에서 용무를 마치고 현관으로 나갈 때 조용히 문을 열고 삼길이의 뒤를 암행한 것이다. 그 괴인물은 삼길이가 암흑의 바깥으로 사라질 때 현관을 나와서 삼길이의 뒤를 따랐다. 그러나 이 괴인물은 현관 전등불 밑에서 볼 때 분명히 여인 후지노 타이피스트라고 하느님만은 알고 있으리라……. 그 여자는 우연히 삼길이가 WC에 가기 전에 먼저 WC에 가서 용무를 보던 중, 삼길이의 이상한 암호와 같은 목소리가 들린 것에 놀라 현관으로 달려갔고 수상하게 여기어 삼길이의 뒤를 암행하였던 것이다.

삼길이는 자기 뒤에서 미행하는 인물이 있는 줄은 모르고 현관 옆 모퉁이를 돌아서 WC 부근으로 가까이 갔을 때

"앗! 당신은 누구요?"

하며 돌연히 눈앞을 가리는 검은 그림자에 놀라 외쳤다. 그 그림자가 얼굴에 복면을 하고 위아래로 시커먼 양복을 입고 손에는 무서운 피스톨[70]을 가지고 서 있는 사람임을 깨달았을 때 삼길이는 무의식적으로 두 손을 들고 그 자리에 서 버렸다.

삼길이는 무슨 내력인지 도무지 알 수 없는 채 알지 못할 괴인에게 끌려서 회사 후원을 지나서 넓은 길가로 나왔다. 그제야 그 괴인은 삼길이의 손을 놓으며

"후유……."

[70] 권총

하고 한숨을 쉰다. 삼길이는 머리에서 식은땀이 나며 몸에 한기가 들었다. 그러나 대담한 마음이 나서

"여보! 도대체 당신은 누구요? 그리고 무슨 위험한 일이 있단 말이오?"

하고 그 복면한 청년에게 묻는다. 그 청년은 묻는 말에는 대답을 않고 이상한 소리로 휘파람을 분다.

오, 이상도 하다! 눈보라치는 벌판 컴컴한 길 옆에 있는 도랑 구멍에서 누구인지 이 청년과 똑같은 복장을 한 청년 하나가 나타나 괴청년을 보더니

"XY26! 일은 잘되었소?"

하고 무기미한 음성으로 묻는다.

그 괴청년은

"음! 잘되었소."

하며 무슨 커다란 보자기를 꺼내더니 삼길이의 얼굴에 덥석 씌운다. 그리고 둘이서 날쌔게 달려들어 다리와 손을 묶더니 입에다 무슨 솜 마개를 틀어막고 손수건으로 꽉 잡매 버린다. 그러고는 씌웠던 보자기를 벗기고 대신에 복면을 시키고 눈을 가려 버린다. 삼길이는 겁이 나고 놀랐으나 어떻게 저항할 도리가 없었다. 그들은 둘이서

"하하……."

하고 웃더니 삼길이를 번갈아 등에다 업고 어디론지 사라지고 말았다.

만영회사 이사장 비서로 있는 마사키는 삼길이가 회사에서 행방불명이 되던 그날 저녁에 이사장 별장에서 작별한 후 삼길이의 숙사를 찾아갔다. 그러나 이 숙사에는 열쇠가 잠겨 있었다. 삼길이의 안 포켓에 든 열쇠를 어느 틈에 훔쳐 내었는지 마사키는 열쇠로 현관문을 열고 방 안으로 들어갔다. 방 안에는 책상이 놓여 있고 그 옆에 문고가 놓여 있으며 이 문고에는 서랍 두 개가 달려 있었다. 마사키는 혼자서 마음이 조급한지

"어디 두셨는고? 삼길 씨가 반드시 가지고 계실 그것은? 일본 헌병대가 쫓아올 것인데……. 큰일 났군."

하며 사방을 둘러본다. 그러고는 서랍을 전부 열어 보아도 그와 같은 서류는 없었다. 방 안에 있을 만한 곳을 전부 뒤져 보았으나 도무지 발견할 수가 없었다. 마사키는 마음이 조급하고 또한 초조하였다.

"어디다 감추어 두셨을까? 큰일 났는데……."

하며 주저하다가 그 방을 나가려 할 때 우연히도 책상 밑을 보았다.

"앗! 궤가 있다! 무얼꼬?"

하고 그 궤를 끄집어내니 담배서랍만 한 궤에다 자그마한 쇠를 채워 놓은 귀여운 궤가 나온다.

"오, 이것이다!"

무의식적으로 그 궤를 들고 문을 나와 문 걸쇠를 잠그고 어디론지 사라져 버렸다. 곧 이어서 난데없이 구둣발 소리가 요란스럽게 나더니 일본 헌병대 본부에서 파견된 헌병 열댓 명이 달려왔다. 하사관인 한 헌병이 호령을 내린다.

"이 문을 때려 부숴라! 그리고 안에 들어가서 무엇이든지 이상한 서류가 있으면 찾아내라! 그리고 누구든지 방 안에 있으면 총살하여라!"

헌병들은

"오."

하며 구둣발로 문짝을 차고 또한 총대로 쳐서 현관문을 때려 부수고 안으로 밀려들어 갔다. 그리고 헌병들은 방 안 사방 구석구석을 뒤졌다. 그러나 이상한 기밀 서류는 아무데도 없었다.

"시맛타! 야라레타나?"[71]

하며 누구인지 외치더니만

"오, 여기에 발자국이 있다. 누가 들어온 모양이다. 음! 삼 길이란 놈 같으니라고……. 벌써 어디로 가지고 도망갔군."

하며 지휘자를 쳐다본다. 그는

"오이, 기사마라![72] 빨리 나가서 여기에 들어온 사람을 추격하여 체포하든지 총살하여라! 빨리!"

하고 호령하며 부하들과 달려 나가자 어디론지 달음질

71) "아뿔싸, 당했다."
72) "이봐, 너희들!"
73) 조직 내부에서 적과 내통하여 활동하는 요원이나 집단.

쳐 갔다. 때는 벌써 저녁 10시가 지난 암흑의 밤중이었다.

수색한 헌병들은 그날 저녁에 관동군 헌병대 본부에서 파견된 사람들이다. T 대좌의 명령으로 가택 수색을 하여 이상한 기밀 서류가 있으면 압수하라는 비밀 명령을 받고 왔던 것이다.

어찌하여 알았는지 마사키란 여자는 벌써 이 비밀 명령을 미리 알고 일본 헌병대가 오기 전에 삼길이의 사택에 바람과 같이 나타나 다행히도 기밀 서류가 들어 있는 궤를 훔쳐 냈던 것이다. 마사키는 그날 저녁에 삼길이가 놈들의 계획에 빠져 사형 집행이 될 무서운 비밀을 알고 자기 오빠인 XY26을 시켜서 삼길이를 구해 냈던 것이다. 오, XY27은 왜년이 아니었던가? 마사키란 여자는 도대체 누구일까? 제5열[73]의 공포! 왜놈들이 무서워하고 일망타진하려는 조선 사람 비밀결사단의 정체는 바야흐로 전개되기 시작한다. 삼길이는 어디로 유괴당했나? 아니다! 탈주하였다. '죽음의 마굴'에서……. 이사장 비서 마사키는 관동군을 파훼하려는 조선의 스파이다. 조선 사람이었다. 그리고 그 오빠인 강용갑은? 비밀결사단원이었다.

---

비밀 서류가 든 궤를 삼길이의 집에서 훔쳐 내간 마사키는 지금 아사히가이(朝日街)에 있는 자기의 수굴을 찾아갔

다. 어두컴컴한 만인(滿人)[74] 가옥이 첩첩으로 즐비한 골목을 돌고 돌아서 어느 컴컴하고 음침한 만인 가옥 속으로 들어가더니 자그마한 소리로

"죽대! 죽다! 죽이다."

하고 문 너머로 외친다. 그러니까 안에서

"오, XY27! 오셨소?"

하고 누구인지 방문을 열고 나온다. 마사키란 가면을 쓴 복순이는 방으로 들어가더니

"XY16! 이 궤를 모레 저녁까지 XY26에게로 보내 주시오! 그리고 삼길 씨는 통화성(通化省)[75]으로 가셨을 것이니……. 틀림없이 전달을 부탁하오. 그리고 나는 회사로 바로 가서 놈들의 동정을 살필 테니……."

하고 엄숙한 얼굴을 하는 걸 보니 마사키는 아마 비밀결사의 수괴가 되는 모양이다.

"네! 알았습니다. 염려 마십시오. 그리고 그 일은?"

하더니 XY16이라고 부르는 청년은 긴장한 얼굴을 한다.

"음! 아직도 기회가 빠르니 좀 기다리시오."

"알았습니다, 그러면 바로 통화성으로 보내 드리겠습니다."

하며 그 궤를 받아 어디론지 사라진다. 마사키의 본명은

74) 만주 사람.
75) 현재의 지린성(吉林省) 동남부로 북한과의 접경지대.

강복순이고 '대한비밀결사단' 책임자로 있으면서 또한 만영회사 이사장 비서라는 이중 역할을 하는 걸 보니 보통 인물은 아니다. 바야흐로 사건을 전개시키고 있는 그들 남매는 무슨 동기로 이러한 모험을 하게 되었을까? 단순한 애국적인 혁명 투사라면 너무나 그들의 하는 일이 신기하고 대담하다.

# 8 홍등가의 암약

여기는 무시무시한 비밀 지하 마굴 정보사령실이다. 그 방 안에는 T 대좌가 아니꼬운 얼굴을 하고 옆에 서 있던 헌병 대장 F 소좌의 얼굴을 쳐다보며

"여보게, 큰일 났네. 삼길이란 놈이 행방불명이 되었단 말이야……."

"정보사령님! 이 수작이 아마 그들의 장난인 것 같으오."

"음! 나도 제2과 정보장교 S 소위를 평복(平服)시켜서 별장 홀 안에서 삼길이를 감시하랬더니 그만 술에 취해 버려 방금 영창(營倉)에 입감시켰네. 좌우간 그 삼길이를 수사하여 체포해야만 되겠는데……."

이렇게 그는 미간을 찌푸리면서 침통한 말을 했다.

"그놈이 그렇게 도주할 줄은 몰랐소. 그러나 그들의 소위 비밀결사단의 일미(一味)[76]를 일망타진하면…… 아니, 그들의 두목 '강'을 체포만 하면 전부가 백일하에 나타날

76) 한패, 일당을 뜻하는 일본식 한자어.

것이오."

하며 F 소좌는 상기된 눈을 끔벅거리면서 말했다.

"음! 그들의 소굴을 잘 아는 장교는 S 소위뿐인데……."

그 말에 F 소좌는 기운을 얻은 듯이

"S 소위를 출감시켜 그들 일미를 체포하는 데 이용하면 여하하오."

T 대좌는 하는 수 없다는 듯이

"자네가 좋도록 하게."

하면서 힘없이 의자에서 일어나더니 뚜벅뚜벅 밀창 있는 데로 걸어간다.

"즉시 수배하겠습니다!"

하고 F 소좌는 기운 있게 정보사령실을 나갔다.

———————

군정 재판에 회부당할 뻔한 S 소위는 헌병대장의 일언으로 영창에서 나와 그는 삼길이의 체포와 비밀결사단 일미를 소탕하는 데에 군은 결심과 맹세를 하고 며칠간을 비밀결사의 동향 수사에 여념이 없었다. 한편 헌병대장의 딸 후지노 나오코는 삼길이가 행방불명이 되던 날부터 자기의 감찰 부족으로 관동군의 기밀 폭로됨을 두려워하는 마음과 아울러 삼길이를 내심 사모하던 자기가 원망스럽고 또한 자기를 배반한 삼길이를 어디까지나 찾아서 이 원한을

풀리라는 '사모하던 마음이 원망으로 변한다'는 말과 같이 얄미운 생각과 굳은 결심을 하였다. 그리하여 그는 같은 경우에 있는 아버지의 부하 S 소위를 알게 되어 이 둘이는 같은 임무와 목적을 수행함에 생명과 수단을 아끼지 않을 맹세를 하고 자주자주 만나게 되었던 것이다.

───────────

신징 역두에서 내려 오른편으로 1마장[77]쯤 가면 '저녁의 거리'가 전개된다. 신징에 오고 가고 하는 사람은 아무래도 한 번씩은 구경하는 '저녁의 거리'다. 으스름한 달밤 길거리에 오고 가고 하는 손님들을 맞으려고 수많은 마처(馬車)와 양처(羊車)는[78] 거리거리에서 이상한 고함을 지르고 있다.

"닌샹나얼취(당신 어디 가시오)?"

"워샹다마루 슈관칸칸취(나는 다마루에 있는 '저녁의 거리'를 구경하러 가오)."

하면

"지다오, 지다오(알았습니다, 알았습니다)."

하고 마부들은 '저녁에 꽃피는 거리'로 안내를 한다. 그러나 국제 마도(魔都) 신징의 '저녁의 거리'가 그 이면에

───────────

77) 5리나 10리가 못 되는 거리를 이르는 단위.
78) 각각 '마차'와 '양차'의 중국말. 양처는 인력거.

134

• 신징 '저녁의 거리'(다마루大馬路)

무슨 독소를 내포하고 있을 것인가? 아무래도 그 '저녁에 꽃피는 거리'를 거닐면은 일본, 조선, 만주의 3계단으로 집집이 나뉘어 있는 것을 알 것이다. 그중에서도 조선인 경영의 여관이 너무나 많고 '꽃피는 아가씨'의 대부분이 조선 출신이라는 놀라운 사실은 비단 신징의 밤거리뿐만이 아닐 것이다.

삼길이가 만영회사에서 사라진 지도 며칠이 지난 어느 날 밤 눈 녹은 밤거리에

"오이! 마처! 라이라이(이봐! 마차! 좀 와라)!"

하고 외치는 두 사나이가 있었다. 그들은 일본 군복에다 권총을 차고 장교 망토를 등에 걸치고 서 있는 모양은 어딘지 위압적인 자태를 보이고 있다. 거리에서 손님을 기다리던 수많은 마차 중에서 제일 먼저 반가운 듯이 그들 앞에 달려온 마차가 있었으니 그 위에서 채찍질하는 사나이는 다 떨어진 만인복(滿人服)에다 이상스러운 마래기 모자[79]를 쓰고, 얼굴에는 주름이 잡힌 듯한, 그리고 한쪽 눈이 멀었는지 이상한 색안경을 쓰고 그들 앞에서 머리를 굽실거린다.

"니야, 니 다마루데 슈관지도마(야! 너는 다마루의 밤거리를 아느냐)?"

하고 한 장교가 서투른 만어(滿語)[80]로 묻는다.

---

79) 만주족 모자.
80) 만주어.

"지다오, 지다오."

그는 머리를 굽실굽실하며 그 군복 입은 일본인을 한 눈으로 쳐다본다. 그들 둘이는 만족하다는 듯이 어깨를 나란히 하고 마차 위에 올라탔다. 마차는 '찡찡' 하는 방울 소리를 울리며 '다마루의 밤거리'를 향하여 쏜살같이 달려간다. 번화한 밤거리를 지나 어느 조선인 경영인 듯한 선화루(鮮和樓)라는 여관 앞에서 마차는 정거하였다.

"세세, 니, 저벤더 덩덩바(고맙다, 너, 여기서 잠깐만 기다려 다오)."

하며 한 장교가 돈을 몇 닢 주면서 둘이는 그 여관 안으로 들어간다. 여기서 독자가 만일 그들을 자세히 보았으면 한 명은 키가 너무 작음에 의심하리라. 그들은 꽃피는 아가씨들의 환영을 물리치고 2층에 올라 방 하나를 치우게 하였다. 그리고 주인에게

"우리들은 이 방에서 비밀 이야기가 있으니 아무도 들어오지 말라."

하고 부탁하는 걸 보니 아무리 하여도 수상한 그들이다. 둘이는 방의 문고리를 잠그고 나서 군복을 벗기 시작한다. 오, 만일 누가 문 바깥에서 이들의 하고 있는 동작을 보았다고 하면 얼마나 놀랄 것이냐. 그리고 이런 야수들의 추태가 또 어디 있으랴! 독자 여러 제현이여! 망하여 갔던 왜놈들의 견디지 못할 청춘의 장난……. 여기도 가장(假裝)한 왜년 후지노와 S 소위의 말 못할 애정의 폭포수가 쏟아졌

던 것이다. 다만 그들이 '밤거리'의 일각을 채택한 허울 좋은 이유는 그날 밤도 조선인 '강'과 삼길이를 찾으러 나왔다는 것뿐이다.

그들은 얼마 후에 아무 일도 없었던 듯이 엄연한 군복으로 그 집 현관을 나왔다. 현관 옆에서 기다리고 있던 마차는 다시금 그들을 싣고 화려하고 번화한 밤거리를 지나서 조용한, 그리고 어둠에 잠긴 다마루의 거리를 질주하고 있다. 어디까지 갔는지, 그들은 마차 위에서 청춘의 단꿈을 꾸는지? 마차에 흔들리며 눈을 감고 저녁의 찬 바람에 외투 머리를 세우고 졸고 있을 바로 그때다! 돌연 마차는 어느 골목을 돌아 급정거를 하자마자 앞에 앉았던 차부(車夫)는 그 낭창낭창한 채찍으로 눈 감고 있던 그 두 연놈의 얼굴을 여지없이 후려갈겼다.

"앗!"

하는 소리와 함께 그들은 눈을 가리며 한 손으로 권총을 끄집어내려 할 때 이상한 휘파람 소리와 함께 수 명의 복면한 괴한이 바람을 타고 난데없이 나타나 마차 위로 뛰어오르더니 그들을 무난히 포박하고 눈에는 검은 안경을 씌우고 입마개를 하고야 말았다. 괴한들은 차부를 보며

"하하, 성공했소. 빨리 갑시다."

하는 조선말을 던지더니 둘을 마차 위에 싣고 컴컴한 밤거리를 어디론지 쏜살같이 달아났다.

삼길이는 꿈에서 깬 사람처럼 눈을 떴다. 캄캄한 기억 속에 만영회사 변소조(便所槽) 뒤에서 괴청년에게 끌려 달음질을 하고 또한 묶여 가지고 자동차 속에다 집어넣어진 데까지는 주마등같이 꿈같이 생각이 났으나 그 후는 도무지 알 수가 없었다. 지금 삼길이는 '죽음'에서 깬 사람 모양으로 둘레둘레 자기의 존재를 재인식하기 시작하였다.

'도대체 여기가 어딘고? 나는 침대 위에 병자같이 누워 있다? 천장에 전등불……. 그리고 침대 옆에 있는 화분, 미음 그릇, 여러 가지의 약그릇……. 도무지 알 수 없다. 그리고 이 방 안에는 밀창문이 하나도 없다. 출입하는 문은 하나뿐인가? 오, 나는 지하실에 있다……. 유괴당한 몸이다. 왜놈들이? 아니, 우리 동포다. 설마 죽이진 않을 테지…….'

삼길이는 몸을 움직여 보았다. 그러나 의식은 말짱한데 도무지 몸이 움직이지를 않는다. 가끔가다 허리와 어깨가 몹시 아팠다. 그는 불안과 공포심에 못 이겨 크게 고함을 질러 보았다. 그때 조용히 문을 열고 들어오는 사람이 있었으니 삼길이는 눈을 뜨고 그 사람을 보았다.

'앗! 마사키 비서? 그렇다! 만영회사 이사장 비서 마사키다! 오, 이것이 꿈인가, 생시인가…….'

삼길이는 도무지 알 수 없는 신비한, 그리고 괴이한 생각에 미칠 듯하였다. 마사키는 조선 '지고리와 치마'를 입고 회사에서 볼 때보다도 어여쁜 처녀로 보인다. 그는 삼길이가 누워 있는 침대 옆으로 오더니 눈을 뜨고 있는 삼길이를 보고 반가운 듯이

"오, 삼길 씨! 정신 좀 차렸소? 저는 대단히 걱정하였다오."

하며 의외로 분명한 조선말로 말을 했다. 삼길이는 뜻하지 않은 조선말에

"당신은? 당신은? 마사키 상 아니오? 일본 사람이 아니오? 이사장 비서가……?"

"호호, 제가 일본 사람이라고요? 그러니까 삼길 씨는 바보예요, 호호."

하며 마사키는 이제야 알았느냐? 하는 듯이 섭섭한 표정을 하며 얄밉게 웃는다.

삼길이는 도무지 믿을 수가 없었다.

"당신이 조선 사람이오? 그러면 여기가 어디요? 그리고 당신의 이름은?"

"여기요? 여기는 우리 집이에요. 삼길 씨는 이제야 사셨어요. 왜놈들한테서 제가 뺏어 왔다오. 제 이름은 강복순이에요. 안심하시고 몸을 회복하시오."

삼길이는 그의 성이 '강'이란 소리에 깜짝 놀라며

"당신은 지금 강씨라고 하셨는데 정말 강씨요?"

"삼길 씨도 참! 언제 제가 거짓말한 일이 있어요? 그런데 왜 새삼스럽게 강이란 성을 물어보세요?"

복순(마사키)은 이상하다는 듯이 질문을 한다.

"글쎄요, 복순 씨도 알다시피 후지노 헌병대장이 신징 시내에 관동군을 파훼하려는 조선인 비밀결사가 있다 하며 그 두목은 강 모라고 하기에 생각이 나서 물어본 말이오."

"호호, 삼길 씨! 일전에 타이피스트 후지노의 집에 놀러 간 일이 있었지요? 그리고 전차 속에서 저를 보셨지요? 제 옆에 앉아 있던 청년이 지금 삼길 씨가 말하시던 '강' 두목이랍니다. 그이는 제 오빠예요. 그리고 요전에 삼길 씨를 회사에서 유괴한 청년도 오빠, 그 사람이에요. 삼길 씨는 생명을 아끼셔야 할 사람이에요. 헌병대장 집에 가셨을 때도 오빠와 함께 삼길 씨 뒤를 미행하였답니다. 혹시나 삼길 씨 몸에 위험이나 없나 하고, 호호."

삼길이는 눈을 크게 뜨며

"뭐요? 오빠? 그러면 당신은 비밀결사와 무슨 관계가 있단 말이오? 그리고 나를 그렇게 생각하는 까닭은?"

하고 물었을 때 복순(마사키)은 돌연히 손뼉을 '딱! 딱!' 두 번을 쳤다. 그랬더니 휘파람 소리와 함께 문을 열고 누가 들어온다. 들어온 그는 더블 양복에다 머리를 곱게 단장한 미남자다.

"복순이! 삼길 군은 깨었나?"

"네! 오빠! 삼길 씨가 정신을 차렸어요. 이리 오셔서 이야기나 하세요."

하고 복순이는 바쁘다는 듯이 도어를 열고 나간다.

"삼길 군! 내가 강용갑이란 사람이오. 자네도 내 얼굴은 처음으로 볼 것이로되 자네의 소식은 복순이한테 늘 듣고 있소."

하며 그 사나이는 자기소개를 한다. 삼길이는 이러한 호남아가 왜놈들을 노리고 있다는 걸 생각하니 어쩐지 통쾌하였다.

"감사합니다. 저와 같은 사람도 같은 동포라고 구해 주시니 뭐라 사의를 표할 수 없소."

"천만에……. 그런데 삼길 군! 자네가 관동군의 기밀을 알고 있다는 말과 무슨 중대한 연구를 하고 있다는 말을 들었는데 자네는 그날 저녁에 사형 선고를 받은 사람일세. 그리고 자네 주위에서 자네를 감시하며 희생시키려던 왜년놈들을 잡아 왔네. 자네 앞에서 그놈들의 목을 베어 버릴까 하는데, 하하."

삼길이는 이 놀라운 말에 눈이 번쩍 빛났다. 그 왜년놈들은 과연 누굴꼬? 하는 호기심이 나서

"감사합니다. 죽을 몸을 구하여 주시니……. 그 왜년놈은 누구일까요?"

"하하, 그렇게 알고 싶나. 그러면 지금 자네 앞에서 누구인지 보여 줄 터이니 잠깐만 기다리게."

하면서 문을 열고 나간다. 한참 후에 담가(擔架)[81]에다 손과 다리를 포박한 사람들을 떠메고 들어온다.

81) 환자나 물건을 실어 나르는 들것

'앗! 후지노와 S 소위! 그들은 나를 체포하려던 사람들일 것인데…….'

삼길이는 반신반의로 그들을 쳐다보았다. 그 뒤에는 어느 사이에 갈아입었는지 회사에서 입던 양장을 한 마사키, 즉 강복순이가 따라 들어온다. 그들을 저편 벽 옆에다 꿇려 앉혀 놓고 강용갑 두목은 왜말로 외쳤다.

"너희 왜인들의 망할 날이 머지않다. 너희들은 나를 잡으려 수작을 했으나 너희가 먼저 내 손에 엉키었다. 너희를 모시고 온 마차의 차부가 너희가 잡으려 하던 강용갑, 즉 나다! 그리고 우리들 동지 삼길 군을 이용하여 피와 땀을 얻고자 하는 수작은 너무나 어리석다. 너희들의 소굴, 소위 지하실 마굴의 비밀도 거울에 비친 듯이 환하게 우리들은 알고 있다. 너희가 가장 신임하고 있는 이사장 비서 마사키는 나의 누이동생이다! 너희들의 상상 이상의 정보가, 그리고 연락망이 있는 우리 비밀결사는 너희의 유치한 수단에는 체포되지 않는다. 자! 너희 둘은 천당에 가서라도 일전과 같이 밤거리의 향락이나 마음껏 누려라!"

어느 결에 손에 가졌던 권총은 불을 뿜었다.

"땅! 땅!"

그들이 가슴을 뚫려 쓰러지고 나서 담가에 피투성이가 된 연놈들을 싣고 어디론지 운반하여 버렸다.

1939년 만주 통화성문

# 9 복수

때는 1945년 4월 중순이 훨씬 지난 따뜻한 첫봄을 맞이한 어느 날. 여기는 조선에서 가장 가까운 통화성 어느 조선 이민 부락이다. 한일합병 당시부터 조선의 혁명 투사들은 이 산골짝 통화성에 뿌리를 박고 조선 독립을 위하여 싸워 왔던 것이다. 그네들은 악독한 일본 헌병대에 얼마나 귀한 피를 백두산 변두리에 흘렸는지……. 유구 천만년을 두고 이 성스러운 피야말로 우리 삼천만의 영원한 독립 국가의 번창을 위하여 살아 있을 것이다. 남만주 일대는 그 옛날 고구려의 혼이 있는 땅이다. 그리고 영원히 조선의 혼과 뼈가 묻힐 땅이다.

이 촌락에서도 외떨어진 산비탈에 초즙(草葺)[82] 농가 하나가 있다. 이 근방은 산이 많은 까닭에 한가하고 별천지와도 같다. 이 집 주인인지 어느 노파 하나가 마루 위에 걸터앉아 기다란 담뱃대를 물고 옛날이야기를 하고 있다.

82) 풀로 지붕을 임.

"여보게! 나도 벌써 육십이 가까워 오지만 그놈의 지긋지긋한 왜놈들이 내 영감도 잡아먹었네. 그래, 나도 벌써 20년 가까이 이 산속에서 그놈들하고 싸우는 거룩한 우리 혁명군하고 살아왔네. 그동안에 우리 동포들도 젊은 피를 이 땅에 많이 흘렸네. 나도 이 땅의 흙이 되고 혼이 되어 그놈들이 망할 때까지 죽지 않을 생각이네."

하고는 한숨을 쉰다. 방 안에 있던 사람은 누구인지 이 노파의 말을 듣고 같이 한숨을 쉬더니 방 안에서 어느 젊은 청년의 말소리가 흘러나온다.

"할머님도 고생 많이 하셨습니다. 왜놈들도 얼마 안 가서 망할 것이오. 그때는 우리 삼천리강산에도 독립이 올 것이오. 그런데 참! 강용갑 군이 올 때가 되었는데…… . 왜 이제까지 안 올꼬…… ."

하고 혼자서 중얼거린다.

그 노파는

"여보게! 자네도 우리 비밀결사단의 힘이 아니었더라면 지금쯤 왜놈들의 헌병대에 붙들려 무슨 봉변을 당했을지 누가 아나?"

"참! 그렇습니다. ㄱ XY26인 강용갑 군이 아니었더라면 지금은 그 마굴 속에서 왜놈들한테 죽었을 것입니다."

이런 이야기를 하고 있을 때 대문 밖에서 누가 찾는 소리가 난다.

"이리 오너라."

하더니

"죽대! 죽다! 죽이다."

하고 이상한 소리로 크게 외친다. 그러니까 그제야 노파가 나가서 대문을 열어 준다. 그 이상한 소리로 외친 사람은 안으로 들어오더니 방 안에 누워 있던 청년을 보고

"오, 삼길 군! 좀 어떤가? 지금도 몸이 아픈가?"

하며 반가운 얼굴을 하며 삼길이의 손복을 잡는다.

"음! 고마우이. 인제 좀 나은 모양일세. 그런데 어디를 갔다 이제야 오는가? 자네가 어찌나 굳세게 몸을 묶어 놓았던지 지금까지 뼈가 저려서 도무지 꿈쩍을 못 하겠네, 하하. 그리고 사흘 밤낮을 자동차 속에서 굶지 않았나? 그러나 이제는 자네들의 뜻을 잘 알았네. 그리고 자네의 어머님도 나에게 그렇게 잘하실 도리가 있나……. 감사하이."

하고 삼길이는 용갑이 손을 두 손으로 굳게 잡았다.

"하하, 자네도 첫 번에는 놀랐을 거야. 그러나 우리들은 벌써 자네가 하고 있는 일이 위험천만한 것을 이미 알고 자네를 왜놈들 손에서 뺏어 왔다네. 너무 몸을 구속하여 섭섭히 생각하지 말게. 그런데 자네가 지하실 마굴에서 무슨 중요한 명령을 받고 무엇인가 연구를 한 것이 있는 듯한데……. 그 서류를 궤 속에다 넣어서 자네 방 책상 밑에다 감추어 놓았었지?"

"오, 그것을 어떻게 알았나? 그 궤는? 그 서류는 나의 일평생을 위하여…… 아니, 우리 배달민족의 생명을 지키려

는 것이네."

강용갑이는 무슨 책보를 가방 속에서 꺼내더니 그 보를 풀어 궤를 끄집어낸다.

'앗! 그것이다!'

삼길이는 놀라며 그 궤를 쳐다보았다.

"삼길 군, 이 궤는 복순이가 보내 준 것이네. 그리고 복순이는 지금 만영회사의 이사장 비서로 있으면서 중대한 우리 결사단의 계획을 진행하고 있을 것이네. 이 궤는 복순이가 자네한테 보내 준 것이니 잘 보관하게."

하며 어디론지 나가 버린다. 삼길이는 신징에서 이 통화성으로 강용갑이와 같이 며칠 전에 피신하였던 것이다.

─────────────

삼길이는 통화성에서 휴양하는 동안에 강용갑 군의 어머님을 통하여 여러 가지로 풀지 못하던 사실을 알았고 또한 그 남매가 현재까지 활약한 동기, 경로도 알 수 있었다. 즉 독자 여러분도 당연히 다음과 같은 의문이 날 것이다.

1. 강복순이는 어떻게 하여 만영회사에 입사하게 되었으며 이사장 비서까지 되었는가.
2. 이 남매는 생명을 아끼지 않고 배일 운동에 투쟁하게 되었을까.

삼길이가 들은 이야기는 다음과 같다.

———————

시대는 약 10년 전 서기 1931년 9월에 소위 일본이 만주 침략의 독아를 갈던 그해다! 만주의 영장(英將) 장쭤린(張作林)[83] 씨는 남만주철도 연선에서 왜군에게 암살낭하였고 왜군들은 일사천리로 만주를 침략하기 시작하였다. 여기 통화성에도 그들의 발이 들어오기 시작한 것은 짧은 가을도 다 간 11월 초순경이다.

오, 그들의 잔악무도한 학살, 방화는 매일과 같이 연출된다. 통화성에서도 산골짝에 있는 어느 부락에는 한일합병 당시에 망명하여 온 사람이 살았으니 그중에도 강팔성이라 부르는 사람은 그 부락의 부락장으로 조선 사람은 물론 만주 사람까지도 존경하여 따랐던 사람이다. 그는 부락민을 언제나 모아 놓고

"왜놈들이 조선을 먹더니 이 만주까지도 침략을 시작하였다. 우리는 우리의 힘으로 최후까지 놈들을 한 놈이라도 죽이고 죽자! 그리고 뭉치자! 며칠 안이면 이 부락에도 그놈들의 총과 칼이 보일 것이다! 우리는 평소에 훈련한 힘을 다하여 우리의 부락 성벽을 지키자!"

83) 장쭤린(1875~1928): 중국 군인 겸 정치가. 한때 중국 둥베이(東北) 지역의 실질적 실권자로 군림했으나 1928년 6월 펑톈 부근에서 일본 관동군의 열차 폭파 테러로 사망.
84) 뿌리니.

라고 부르짖었으며 왜군들 침략에 대비하여 만반 준비를 게을리하지 않았다.

오, 때는 왔다! 눈보라 치는 어느 날 저녁이다.

"땅! 빵!"

하는 총소리와 함께 산골짝 언덕을 기어 오는 왜군들의 총칼! 그 앞에는 닥치는 대로 살육! 악마의 생지옥이다. 부락의 민병들도 용감히 싸웠다. 왜놈들도 한 놈 두 놈씩 총에 맞고 칼에 맞아 넘어진다. 그러나 하느님, 무심해라! 선량한 부락병은 악마의 총칼에 어이할 도리 없이 피투성이가 되며 쓰러진다. 오, 왜놈들의 발악! 고함 소리!

"돌격! 돌격이다!"

성을 넘어 담을 넘어 달려오는 그들 앞에 용감히 싸웠던 부락병은 전멸하고 강팔성이는 왜놈들에게 포로가 되고 말았다. 그는 왜군들에게 끌려 그 부락에서 그다지 멀지 않은 헌병대에 구인당하여 최후의 심판을 받았다.

"너는 부락 사람들을 선동하여 배일사상을 넣어 주었으며 또한 우리 일본군에게 대항한 악질분자로 그대로 죽일 수 없다! 네 이름이 강팔성이지? 우리들은 너를 잡으러 갔던 것이다! 너와 같은 놈은 이것을 맛보아야 한다!"

하며 잔악하게도 불에 달군 인두로 빨가벗긴 강팔성이의 등을 지지기 시작한다. 오, 왜놈들의 살인법은 무도하고도 잔악하다. 지글지글 살이 익어 가는 그 위에다 소금(鹽)을 찌끄리니[84] 그대로 죽어 가도 위통할 것을 ㄱ다음에는

다 죽어 가는 그 사람의 눈을 빼고 칼로 찍어서 영혼이라도 한을 품고 원수의 혼이 되어 복수를 할 것이다! 오, 악독한 왜놈들은 이렇게 사람을 죽여야 할 것인가. 이 천인공노할 죄악사는 또다시 그들에게 보복할 날이 올 것이다. 이 헌병대의 대장이 아마카스 헌병 대위였으니 그가 또한 만영회사 이사장으로 된 그 사람이었었다. 야속하게도 생죽음을 한 강팔성……. 그러나 그 원수를 갚을 사람이 있었으니 하느님도 무심치 않았다. 그는 아들과 딸을 두었다. 아들은 강용갑이요 딸은 강복순이었으니 이 두 남매는 늙으신 어머님의 원통하고 애처로운 모양을 그대로는 한시라도 보지 못하였다. 그들 남매는 나이가 10세, 8세 때부터 아버님 원수를 갚기에 굳은 결심을 하고 서로서로 때를 기다리며 공부에 힘을 썼다.

　때는 유수와 같이 흘러 어느덧 오륙 년이 지났다. 그간에 그들은 젠다오성(間島省) 옌지(延吉)에 나와 중등학교를 우수한 성적으로 졸업하였다. 더욱이 강복순이는 천재적인 두뇌와 절세의 미인으로 일본 여자로 가장하는 연구를 매일과 같이 하였다. 이리하여 복순이는 자기 오빠인 용갑이의 친구 하나가 선조 때부터 일본 규슈(九州) 후쿠오카현(福岡縣)에서 일본에다 호적을 두고 상업을 하여 내려온 마사키 류키치(眞佐木龍吉)라는 이름을 갖고 젠다오에 있음을 알았다. 그 마사키란 청년은 일본 호적으로 규슈에서 대대로 상업을 하다가 만주사변이 일어나자 만주로 건너와 이 젠다오에서 건축 청부업을 하고 있는 마사키 도라이치(眞佐木虎一)라는 사람의 큰아들이다. 강용갑이는 중학교 때부터 유난히도 이 류키치와 친하였다. 용갑이는 이 마사키 류키치를 이용하여 자기 동생 복순이를 그 류키치의 여동생으로 꾸며 호적에 올릴 것을 연구하였다. 류키치는 본래가 조선의 피를 받고 또한 유달리도 혁명적인 청년이기 때문에 이 계획은 무난히 성공하여 그 청년의 부친 도라이치도 이것을 기뻐하였다.

이리하여 강복순이는 일본 사람이 되어 17세 되던 해에 용갑이와 신징으로 올라왔던 것이다. 그것은 자기 아버님을 죽인 아마카스가 만영회사 이사장으로 되었다는 뉴스를 들었기 때문이다. 이 남매에게는 '복수' 두 글자 외에 아무것도 없었다. 그들은 신징으로 와서 갖은 고생을 해 가면서 복수할 기회를 엿보고 있었다. 때마침 〈만주일일신문(滿洲日日新聞)〉 구인란을 보고 있던 복순이는 우연히 이러한 구인 광고를 보았다.

구인 광고

1. 만영회사 이사장 아마카스 사택 여하인을 희망하는 사람은 ××월 ××일까지 회사 인사과로 출두할 사(事).

2. 단 일본 내지인(內地人)에 한함.

3. 학력은 고등여학교 졸업 정도.

4. 연령은 20세 미만의 미혼자.

5. 확실한 신원을 가진 보증인이 필요함.

복순이는 '마사키 준코'라는 이름으로 즉시 만영회사 인사과를 찾아갔다. 보증인은 젠다오에 있는 마사키 도라이치를 내세운 것도 물론이다. 회사에서도 이 마사키가 건축 사업가로서 유명한 인물임을 알고 있었다. 그의 '딸'이라는 것으로 무조건 채용이 되었다.

이리하여 복순이는 마사키로서의 제2계단 성공을 하였다. 복순이는 얼굴이 절색 미인일뿐더러 재주가 투철하여 아마카스 부인이 동생이나 딸과 같이 사랑하였으며 또한 들어가던 다음 해에는 아마카스 비서 겸 손님 안내역으로 회사 이사장 응접실에서 손님들의 안내를 하며 사무를 보아 왔던 것이다. 그는 삼길이가 이 회사에 입사하기 전에 한 번 회사 견학을 왔었고 또한 아마카스 이사장과 T 학원 원장이 만나서 이야기함을 듣고 삼길이가 만영회사로 입사함을 알았다. 복순이는 어디까지나 일본 여성으로 가장하여 왔으며 삼길이를 감시하고 또한 몇 번인가 사택까지 찾아가서 그의 집 안을 알아 놓았던 것이다.

때는 벌써 3월이 지나 4월 초순이다. 관동군 헌병대 본부에서는 비밀리에 엄중한 수사를 전개하여 삼길이의 행방을 찾았으나 한 달 가까이 되는 지금까지 오리무중에 들어간 채 그 종적조차 알지 못하였다. 더욱이 후지노 타이피스트와 S 소위가 행방불명이 된 후로는 그들은 더욱더욱 초조하였고 특히 헌병대장 F 소좌는 미친 사람 모양으로 부하를 독려하였다. 마사키 비서는 회사에서 그들의 초조한 태도를 비웃는 듯 복수에 불타는 가슴을 억제하며 다시 제3계단의 계획을 꿈꾸고 있었다. 때는 바야흐로 일본 놈들에게 불리를 가져오고 매일매일의 뉴스는 미군에게 유리하였다. B29는 연일 도쿄, 기타 대도시를 폭격하였고 만주에서도 펑톈 공습, 신징 공습에 그들은 소개(疏開)[85]를 시작하였다. 하룻밤도 편안히 잠자는 날은 없었다. 오, 때는 왔다! 복순이의 가슴에도 복수의 피가 끓는다.

5월이 가까운 어느 날 아마카스 이사장은 마사키를 조용히 불러서

"내일 저녁 10시 정각에 우리 회사 이사장 별장 제2회의실에서 중대한 비밀회의가 있을 예정이니 만반 준비를 하도록……."

손님들 접대 준비 명령을 하였다. 마사키는 회사에 있는

85) 공습이나 화재에 대비하여 주민과 시설물을 여러 곳으로 분산함.

누구보다 아마카스 이사장의 귀염과 사랑을 독차지한 것 같이 보인다. 아마카스 이사장은 그날 저녁에도 일부러 마사키만을 손님들 안내역으로 불렀던 것이다. 마사키는

'오, 때는 왔다! 이 기회를 이용하자.'

하는 굳은 결심을 하고 아사히가이에 있는 비밀결사단 본부에 가서 단원들과 같이 제3계획 실시의 만반 준비 연락을 하였다.

'내일 저녁 10시를 기하여…… 그 자리에서…… 마음껏……. 복수다! 복수…….'

복순이의 가슴은 무한히 뛰었다. 그 이튿날 저녁에 복순이는 회사에 일찍이 가서 회의실을 소제하며[86] 손님들이 오기만 기다리고 있었다. 이어서 오후 9시 반경부터 자동차에 몸을 실은 고관 손님들은 현관에서 이 회의실로 들어온다. 손님들의 얼굴을 보니 아마카스 이사장 이하 관동군 사령관 부관, 정보사령 T 대좌, 관동군 참모 S 중좌, 하마모토 주임, 그리고 경무청 총감 등이었다. 그네들은 회의실로 들어가더니 문을 닫고 비밀회의를 진행하는 듯이 방 안은 조용하였다. 마사키는 대합실에서 아마카스 이사장의 부르는 소리만 기다리고 앉아 있었다.

그 비밀회의실에 출입하는 사람은 마사키밖에는 없었다. 한참 후에 이사장이 부르는 소리가 난다.

"오이! 마사키 군, 오차를 좀 준비하여 오게. 그리고 케

86) 청소하며.

이크나 무엇이나 먹을 것을 좀 가지고 오란 말이야."

"네, 곧 가지고 가겠습니다."

하고 복순이는 대답을 한 채 대합실을 나가더니 복도를 지나서 식당 주방으로 들어간다. 그리고 오차를 준비하여 가지고 복도를 나오더니 그 비밀회의실에 들어가기 전에 그는 어두컴컴한 한쪽 구석으로 간다. 그리고 무엇인지 주머니에서 끄집어내며 오차 속에다 넣는다. 복순이는 얼굴에 한 줄기 미소를 띠며 혼자서 무어라고 중얼거린다.

"오, 이제야 아버님의 원수를 갚을 날이 왔다! 음! 나는 나의 존경하는 조선의 과학자 삼길 씨를 이 악독한 무리들의 손에서 구하였다. 그리고 오늘 저녁 이 복수의 호기를 주신 하느님도 무심하시지 않구나! 오, 하느님! 이제야 아버님의 원수, 조선의 원수를 갚기 위하여 이 오차 속에 넣은 독약이 그 악독한 왜놈들의 심장을 불사르게 하여 주시옵소서. 그리고 조선에도 새로운 광명의 날이 오게 하여 주시옵소서."

하며 복순이는 흥분된 얼굴로 하느님에게 기도를 올렸다. 그리고 빵긋 웃는 얼굴을 하며 그 오차 그릇이 든 쟁반을 들고는 비밀회의실의 문을 열었다. 그 방 안에는 이 복순이의 음모를 아는지 모르는지 테이블을 둘러싸고 무슨 중요한 일이 있는지 열심히 회담을 하고 있었다. 복순이는 가장 태연한 얼굴을 하며 그 독약이 든 오차 그릇을 하나씩 하나씩 손님들의 앞에다 놓고 끝으로 아마카스 이사장 앞에 갖다 놓았을 때는 약간 손이 떨렸다. 그는 다 놓고 난 다음에 문을 열고 나가더니 문 옆에 숨어 서서 방 안에 재변(災變)이 날 것을 엿보고 있었다. 그리고 소리도 없이 얼굴에 복면을 하고 의복을 남복(男服)으로 갈아입은 다음 복도 밀창문을 열어 놓고는 복도의 전등불을 꺼 버렸다.

방 안에서는 이야기를 하다가 제일 먼저 그 오차를 손에다 들고 마시기 시작한 사람은 관동군 참모로 있는 S 중좌였다. 이어서 하마모토 주임, 다음에는 지하실 마굴의 정보사령 T 대좌. 이 세 사람이 그 오차를 마셨다. 그 세 사람이 마신 시간은 1초도 틀리지 않았었다. 아마카스 이사장과 경무총감은 둘이서 무슨 이야기를 하고 있었으며 관동군 사령관 부관은 옆에 앉아서 담배만 피우고 있을 때다. 오, 1초가 지나 2초가 지나 시간은 간다……. 문틈에 숨어서 이를 엿보고 있던 복순이의 가슴은 무한히도 뛰었다.

복순이는

'옳다! 되었다!'

하며 외투 주머니에 넣었던 손을 꺼내니 손에는 무시무시한 한 개의 권총이 들려 있었다. 그리고 문 핸들을 잡고 방 안으로 들어가려 할 때…….

방 안에서는 '앗!' 하는 소리가 나더니 누가 피를 토하고 쓰러지는 소리가 난다. 이어서 또 한 사람이 쓰러진다. 누구인지

"야! 야, 야라레타![87] 우움!"

하더니 의자와 함께 큰 소리로 외치며 넘어진다. 그때다!

"땅!"

하는 총소리가 나더니 경무총감이란 사람이 가슴에서 피를 흘리고 넘어진다. 복순이는 어느 틈엔지 권총을 들고 방 안으로 들어가며 방 안 전등 스위치를 아래로 누르니 방 안은 일순간에 암흑이 되었다. 네 사람이 쓰러지던 시간과 총소리가 나며 복순이가 방 안으로 들어와 전등을 끈 시간은 순간이고 동시였다. 이때 아마카스 이사장과 관동군 사령관 부관은 전기가 꺼지자마자 순간적으로 몸을 피하였다. 그때 어디선지 난데없이

"땅! 땅!"

하고 저녁 적막을 깨트리며 총소리가 들려온다. 아마 복순이의 총소리에 놀란 경비하던 헌병대들이 이 방으로 달려오며 위협적으로 쏜 총소리 같았다. 복순이는 컴컴한 방 안에서 순간적으로 몸을 피한 두 사람을 찾았으나 감쪽같이 숨은 두 사람은 없고 헌병대들이 방문을 열고 들어온다. 복순이는 살짝 문 옆으로 기대어 숨었다. 그리고 문에다 권총을 겨누고 있다가 들어온 한 놈이 전등을 켜려고 벽에 달린 스위치를 누르려 할 때 권총을 쏘았다.

"땅!"

하고 총소리가 나더니 그놈은

"앗! 으음."

87) "됐다!"

하고 그 자리에 쓰러진다. 복순이는 이 순간에 문을 차고 밖으로 뛰어나와 이미 열어 놓았던 복도 밀창문을 뛰어넘어 별장 밖으로 몸을 던졌다. 그러나 그 순간 그 뒤에서

"땅!"

하는 총소리와 함께 복순이의 오른발에서는 피가 용솟음쳤다. 이때 헌병대들은 창문을 차고 복도 밀창문을 넘던 복순이를 보고 쏜 탄환이 가엾게도 복순이의 다리에 명중된 것이다. 복순이는 땅에 몸이 떨어지며 정신을 잃었다. 그러나 손에 가지고 있던 권총은 또 한 방 밀창을 뛰어넘어 오려는 헌병대 한 놈의 머리를 관통하였다. 그때다! 어디선지

"땅! 땅!"

하는 두 방의 총소리와 함께 달려오던 헌병대 중 두 놈이

"으음."

하고 넘어진다. 땅에 정신을 잃고 쓰러졌던 복순이는

'오, XY16이다.'

하며 잃었던 정신을 다시금 차리고는 피가 용솟음치는 다리를 이끌고 어두컴컴한 마당을 살금살금 기어서 변소 옆 모퉁이로 향하여 몸을 움직여 보았다. 그때 또 한 방 변소 모퉁이 근처에서

"땅!"

하는 총소리가 나더니 복순이의 곧 뒤에 쫓아오던 헌병 한 놈이

"으음!"

하고 마당에 넘어진다. 이어서 난데없이

"땅! 땅! 땅!"

하는 총소리가 복순이의 뒤에서 연속하여 난다. 살금살금 기어가던 복순이는

"오, 나의 오빠 XY26!"

하며 그 자리에서 정신을 잃었다. 다리에서는 붉은 피가 용솟음친다. XY16이라 부르는 청년은 복순이에게로 달려가 그를 등에다 업고 그 자리를 피하였다.

"땅! 땅!"

총소리는 여전히 변소 근방에서 들린다. 아마 XY26인 강용갑의 명중탄인 듯하다. 그는 복순이가 피신한 다음 쏜살같이 컴컴한 어둠 속에 자태를 감추었다.

오, 복순이는 아버지의 원수, 조선의 원수를 갚았다. 조선의 피도 살았다. 그 옛날 안중근 의사도 하얼빈 역두에서 동양의 원수 이토 히로부미(伊藤博文)를 죽였고 다시 근대에 와선 XY27인 강복순이는 아버님의 원수, 조선의 원수를 갚고 부상하였다. 얼마나 장한 일이냐! 그리고 통쾌한 일이냐!

그 이름은 천추만대에 걸쳐서 빛날 것이다.

# 10  그대와의 약속

복순이가 왜놈들 헌병의 총에 부상을 당한 지도 몇 달이 지난 어느 날이었다. 만주에도 새봄이 왔는지 넓은 벌판에 쌓인 눈도 어느 틈에 녹고 길거리에 오고 가는 사람들의 얼굴에도 명랑한 기색이 보였다. 그러나 이 새봄을 맞이하는 것도 모르는 듯이 얼굴에는 수심과 걱정이 가득하여 복순이의 얼굴만 쳐다보고 있는 두 사람이 있었다. 그는 통화성 산속에서 은거하고 있던 삼길이와 강용갑이었다.

삼길이는 며칠 전에 신징에서 동지의 등에 복순이가 다리에 붕대를 감고 업혀 오는 모양을 보고 너무나도 놀랐다. 복순이의 허벅다리를 관통한 탄환은 여지없이 가냘픈 여성의 피를 빼앗아 갔다. 그는 다량 출혈로 일시 정신을 잃었으나 응급 치료를 받고 급거 신징에서 통화성으로 피신을 온 것이다. 그리하여 그들의 어머님과 삼길이는 불철주야로 복순이의 간호에 여념이 없었다. 삼길이는 XY27인 강복순이가 왜놈들의 간첩이 아니고 자기를 음으로 양으로 구하여 준 생명의 은인이며 또한 아버지의 원수를 갚기 위하여 놈들 속에 들어가서 가지각색의 요령과 재주를 부려 가며 최후까지 놈들에게 일본 여성으로 보인 위대한 애국 투사임을 생각하고 가슴은 천 갈래 만 갈래 찢어지는 것만 같았다. 삼길이는 걱정만 하고 있는 강용갑이를 보고

"용갑이! 그렇게 걱정하지 말게. 군의 동생 복순이는 훌륭한 인물일세. 곧 회복될 것이네."

"여보게! 삼길 군, 복순이는 내 동생이 아닐세. 조선의 동생일세. 잘 싸웠다네. 그년이 일생을 통하여 두 가지 일은 하였네. 첫째로는 아버님의 원수를 갚기에 희생하고 둘째로는 자네를 왜놈들 속에서 구한 것……. 그러나 아마카스란 놈을 못 죽인 것만이 분하네."

하며 이를 간다.

"여보게, 자네 그렇게 상심 말게. 과연 복순이는 훌륭한 투쟁을 하였네. 그리고 그가 나를 구해 준 것도 다만 내가 생각하였던 것이 왜놈들에게 빼앗기지 않도록 하기 때문이겠지."

하며 삼길이는 감개무량한 듯이 말을 한다.

용갑이는

"음! 복순이가 얼마나 자네를 귀엽게 보고 아끼었는지 자네는 아는가? 자네가 만영회사에 입사할 때부터 그놈의 아마카스와 T 대좌가 자네를 이용하려고 했던 것을 복순이는 이미 잘 알고 있었다네. 그리고 우리 아버님도 그 아

마카스 놈한테 무참한 죽음을 당하셨다네."

"음! 잘 알았네! 나도 복순 씨가 다리가 하나 상하여 불구자가 되는 한이 있더라도 그 정신만은 영원히 내 가슴속에서 살아 있을 것이네."

"고마우이! 삼길 군! 복순이도 언제나 자네가 왜놈들 속에서 고생하고 있는 것을 매우 걱정하였으며 반드시 조선의 장래에 무엇인가 남겨 놓을 사람이라고 나하고 이야기할 때마다 자네 말만 하데그려……."

하며 삼길이의 얼굴을 쳐다본다. 그리고 말을 이어

"참! 삼길 군! 일전에 신징에서 보내준 궤 속에는 무엇이 들어 있는가? 내가 알아서 상관이 없으면 좀 얘기라도 하여 주게."

한다. 삼길이는 그 궤를 어떻게 하여서 복순이가 여기까지 보내 주었는지 용갑이가 일전에 가지고 온 것을 새삼스럽게도 추억하며

"그 궤 말인가? 그 속에는 방전탑의 설계서와 도면이 들어 있네! 복순 씨가 나도 몰래 그것을 보내 준 것은 뭐라고 감사한 뜻을 표시해야 할는지 모르겠네. 이 방전탑이 반드시 새로운 조선에 건설될 날이 있기를 복순이는 꿈꾸고 있을 거야."

"그렇다네! 자네가 그렇게까지 복순이를 생각해 주니 감사하이."

이런 이야기를 하면서 둘이는 복순이의 간호에 연일 붙

매였다. 그 정성이 지극한 간호에 복순이는 회복하였다. 그러나 한쪽 다리는 잘 쓰지를 못하였다. 그러는 동안에 때는 바야흐로 이들에게 자유와 해방을 줄 수 있는 날이 가까워 왔다.

---

세월은 유수와 같이 흘러 삼길이도 벌써 사십이 가까운 중노인이 되었다. 그는 만주의 벌판에서 조선의 애국 투사 강용갑 남매에게 구원을 받아 일본 관헌의 눈을 피하여 다니다가 1945년 8월 15일 우렁찬 해방의 종소리에 희망과 자유를 얻고 한 달 가까이 소련군이 진주한 만주에서 왜놈들의 망하는 꼴을 보며 또한 아마카스는 8월 16일 오전 2시에 만영회사 이사장실에서 음독자살[88]하였다는 뉴스까지 듣고 태극기 휘날리는 조선 동포들의 피난처에서 이재(罹災)[89] 동포들의 구제 또는 간호 등 일을 보다가 9월 초순에 그는 강용갑 남매 간에 작별을 하고 내 고향 산천으로 귀환하였었다. 그 작별할 때 복순이는 울면서 삼길이의 손목을 잡고

"삼길 씨! 삼길 씨도 어머님만 계신다죠? 그리고 장남이시라죠? 저도 어머님을 모시고 있는 몸이니 어찌할 도리가

88) 실제 아마카스 마사히코는 1945년 8월 20일 새벽 만영회사 이사장실에서 음독자살.
89) 재해를 입음.

없소……. 부디부디 몸조심하시옵고 또다시 만나 뵐 때 우리는 새 나라를 위하여 힘씁시다. 그리고 이것은 하찮은 것이오나 저의 기념품으로 드리는 것이오니 받아 주세요."

하며 언제나 엄지손에 반짝이고 있던 반지를 빼어 준다. 삼길이는 감개무량한 마음을 억제할 수 없이

"복순 씨! 또다시 우리는 만날 수 있는 사람이오. 그리고 만나지 않으면 안 될 사람이오. 복순 씨의 고향은 함흥이라고 하셨지요? 저는 조선의 남쪽 호남 지방이니 만주에서 각기 고향으로 귀환하더라도 언제든지 만날 수 있지 않소. 그리 슬퍼하지 마오……. 어머님을 잘 모시고 훌륭하신 오빠를 모시고 잘 있어요. 그리고 나도 복순 씨에게 선물을 하나 드리겠소."

하며 삼길이도 애용하고 있던 회중시계를 복순이 손에다 쥐어 주었다. 용갑이도 옆에서 섭섭한 듯이

"삼길 군! 자네와 영원히 같이 있었으면 복순이도 얼마나 좋아하겠나! 그러나 우리들은 다 같이 타향에서 헤매는 몸이니 자네를 말릴 수 없네. 먼저 가소! 우리도 며칠 후에 함흥으로 돌아갈 예정이니……. 서로서로 고향에 가면 편지나 하고 같이 새 나라를 위하여 일할 수 있는……. 그리고 복순이를 위하여도 자네는 오랫동안 작별할 수 없을 것이네, 하하."

용갑이는 섭섭한 중에도 삼길이와 복순이의 미래를 꿈꾸고 있는지? 한번 웃어 본다.

"여보게! 용갑이! 나는 무어라 말할 수 없네! 이 작별이 영원한 이별이 아니니만큼 안심은 하네마는 자네도 어머님을 잘 모시고 몸조심하여 복순이를 더욱더욱 예쁘게 만들어 놓게, 하하."

오, 기차는 신징역을 떠났다!

울며 헤어진 신징을 밀창 너머로 쳐다보며 언제까지나 언제까지나 손수건을 흔들며 삼길이를 바라보며 서 있던 복순이! 꿈엔들 잊지 못할 이 작별!

그러나 운명은 너무나도 야속하다.

그리운 사랑 복순이를, 그리고 용갑이를 언제 또 다시 만날 수 있으랴!

삼길이는 고향 땅을 밟는 그날부터 조국 재건의 희망을 한층 더 품고 파란곡절 많던 방전탑의 설계도를 완전무결한 것으로 만들고 있다. 경이적인 우리 과학자의 손으로써 만들어지는 방전탑! 아니, 삼길이의 손으로써 머지 아니하여 세워질 것이다. 삼길이는 강용갑, 복순이를 그리워하며 용약 국방부에 들어갔다.

삼길이는 1948년 8월 15일 새로운 조선의 나라 대한민국이 탄생됨에 기운을 얻어 방전탑의 완성을 위하여 분투하였다.

그리고 그는 ○○ 연대 소속으로 기계화 부대를 강화하였다. 때는 바야흐로 삼길이의 소망인 방전탑이 설계로서 충분히 되어 살 무렵이다.

오, 삼길이는 자기가 꿈꾸었던 방전탑을 세울 날이 왔다! 백두산에다 방전탑을 세울 날이 왔다! 하고 기뻐하였다.

남북통일이 달성되던 428×년에 삼길이는 자동차를 함경도 함흥으로 달렸다. 그리운 복순이를 찾아서…… 그러나 복순이는 없었다. 그들은 벌써 함흥으로부터 남한으로 내려왔다는 풍문뿐이었다.

오, 그들은 어디로 갔는지…….

───────────

그 후 삼길이는 국방부 파견으로 미국 어느 공과대학으로 유학을 갔었다. 그는 그 대학에서도 방전에 관한 연구를 계속하였다. 그리고 그는 몇 년 만에 공학박사란 학위를 얻고 고국에 돌아왔을 때에는 인천항에 출영(出迎)[90] 나온 친구 동지들이 많았었다. 그중에도 가장 눈에 띈 사람은 그 옛날에 강용갑이와 강복순이 두 사람이었다.

삼길이는 용갑이의 얼굴을 쳐다보며 반가운 악수를 하면서

"오, 용갑 군, 반가우이! 그러나 자네도 상당히 늙었네그려."

"하하, 자네도 미국에서 공부만 하느라고 조선의 사정을 몰랐네그려. 그리고 복순이도 자네를 위하여 10여 년을

90) 마중.

168

고생하여 왔네."

하며 옆에 서 있는 복순이를 가리킨다. 복순이는 새삼스러운 듯이 그리웠던 옛날의 사랑을 찾아 옛날과 같이 수줍어하며 만족한 듯이 보였다.

"오, 복순 씨도 나왔소? 반갑습니다! 자! 이제는 그대와의 약속을 이행할 때가 왔나 보오……. 이 반지를 모르시오?"

"삼길 씨! 오랫동안 못 뵈었습니다. 삼길 씨가 주신 시계는 그동안에 몇 천 번이나 같은 바늘로 시간을 가리켰지만 삼길 씨의 얼굴은 더욱더욱 밝아 갑니다……."

하고 반가워하였다.

———

삼길이는 금의환향하여 여러 가지로 일을 많이 하였다. 국방부에서는 삼길이의 꿈이며 소원이던 방전탑을 백두산과 그리고 묘향산에 예정대로 건설하였다. 삼길이는 벗어진 머리를 쓰다듬으면서 복순이와 나란히 서서 꿈꾸었던 이 방전탑을 우러러보면서

"아, 그대와 약속한 이 방전탑! 그대는 그 옛날에 왜놈들 총에 몸을 다쳤지만 그대의 고귀한 정신은 영원히 이 방전탑에서 빛날 것이오!"

하고 삼실이는 지난날을 더듬으면서 힘 있게 말하였다.

그리고 부드러운 말로

"아름다운 그대의 눈동자는 영원한 이 나라의 빛이오!"

하고 중얼거리면서 굳게 굳게 둘이서 손목을 잡았을 때는 저물어 가는 황혼에 방전탑만이 반짝이고 있었다.


(끝)

# 1949년의 상상력
## – 대중문학『방전탑의 비밀』읽기

이 경 림

## 1. 1949년, 식민지를 불러내는 두 가지 방식

『방전탑의 비밀』은 지금으로부터 꼭 70년 전인 1949년, 식민지의 역사를 빠져나와 새로운 나라에 들어선 대중의 상상력을 생생하게 보여준 소설이다. 이 소설은 무엇보다도 배경 설정에서 이채를 발한다. 『방전탑의 비밀』의 시간은 1944년부터 '남북통일이 달성되던 428×년'에 걸쳐 있고, 공간은 관동군이 장악한 '괴뢰국' 만주국을 중심으로 한 중국 동북지방에 펼쳐져 있다. 이 광대한 무대에서 활약하는 인물 설정은 더욱 이채롭다. 주인공은 식민지 조선 출신 엘리트 과학자 청년이고, 주인공 못지않게 중요한 조연 인물들은 '배일사상과 관동군 파훼(破毀)를 목적으로' 활약하는 조선인 비밀결사에 속해 있다. 이처럼 과감한 설정이 『방전탑의 비밀』을 다른 소설과 비교되는, 독특한 식민지 이야기로 주목하게 한다.

　이 소설의 첫 출간이 1949년임을 감안하면, 불과 4~5년의 시차를 두고 식민지를 새로운 방식으로 다시 상상해보려한 시도가 과감하게 느껴진다. 물론 이 시기에 식민지의 시공간을 『방전탑의 비밀』만 소환한 것은 아니다. 가장 먼저 떠오르는 유명한 소설이 채만식의 『민족의 죄인』이다. 이 소설은 『백민(白民)』이라는 잡지에 1948년 10월부터 1949년 1월까지 발표되었는데, 흥미롭게도 『방전탑의 비밀』과 발표 시기가 나란해서 더 눈에 띈다.

그런데 『민족의 죄인』과 『방전탑의 비밀』이 식민지를 불러내는 방식은 판이하다. 『민족의 죄인』에 나타난 식민지는 지금-여기에서 다시 시작해야 하는 작가의 고뇌가 거꾸로 투사된 반성과 죄책감의 지대다. 반면 『방전탑의 비밀』에서 식민지는 그렇게 물귀신처럼 발목을 잡고 늘어지는 과거가 아니다. 정확히 말하자면, 식민지는 그렇게 복잡하지 않다. 공과(功過) 전체가 복잡한 방식으로 뒤얽혀 있어 '청산(淸算)'하지 않고서는 식민지에서 빠져나올 수 없는 '민족의 죄인'과 달리, 『방전탑의 비밀』의 인물들에게 식민지란 더 '셈할 것'이 없는 시공간이다.

『방전탑의 비밀』이 불러내는 식민지는 공과의 계산 위에서 다시 돌아봐야 할 복잡한 과거가 아니다. 우리가 이 세계에서 다시 보는 것은 권도(權道)의 묘미다. 권도란 '특수하고 예외적인 상황에서 임시적인 정당성을 가지는 행위규범'을 말한다. 『방전탑의 비밀』에서 보자면, 누가 봐도 '친일 부역'처럼 보이는 행동들—관동군 비밀 병기 연구 참여, 만주국 국책회사 근무 등—은 실은 오로지 민족의 독립과 발전을 위해 상황에 따라 인물이 기지를 발휘한 임기응변, 즉 권도로 나타난다. 이처럼 권도를 행하는 인물은 공과를 셈할 필요가 없다. 결국은 모든 과가 다 공으로 귀결되기 때문이다.

『방전탑의 비밀』은 '민족의 죄인'이 아닌 민족의 영웅을 주역으로 내세워, 식민지를 모험과 복수와 권도의 드라마가 펼쳐지는 '흥미진진한' 시내로 다시 불러낸다. 1949년 시점에 이처럼 단순하고도 과감한 감수성과 상상력은, 분명 식민지에 빚진 것이 없다고 느꼈던 대중에게만 가능했던 것일지도 모른다. 『방전탑의 비밀』의 상상력은 '고급문학'이 우리에게 보여주는 그것보다 단순하고, 어찌 보면 순진하다. 심지어는 저열하다고 생각하는 사람도 있을지 모른다. 그러나 사회와 시대의 거대한 흐름을 결정하는 것은 결국 언제나 대중의 열망과 대중의 지향, 대중의 감수성이었다. 『민족의 죄인』과 『방전탑의 비밀』 중, 이 거대한 흐름에 더 가까웠던 것은 어느 쪽일까?


## 2. 만영(滿映)과 만주국의 비밀

『방전탑의 비밀』에는 '혼종적' 인물이 없다. 선과 악이 명료히 구분된 가운데, 명예나 부에 흔들려 민족을 배신하는 조선인 혹은 인정이나 대의에 이끌려 조선인을 돕는 일본인처럼 '복잡한' 인물은 조연으로도 등장하지 않는다. 용갑 · 복순 남매가 일본인으로 신분을 위장할 수 있게 도와준 마사키 집안조

차 '본래가 조선의 피를 받은' 것으로 설정되어 있다. 이 소설에서 조선인은 모두 불굴의 민족의식을 가지고 있고, 일본인은 하나같이 교활하고 냉혹하다. 이처럼 단순명쾌한 구성이 독자에게 고민할 필요 없는 재미와 카타르시스를 선사해준다.

『방전탑의 비밀』주요 서사는 크게 탐정, 과학, 영웅 서사 세 가지로 나누어 볼 수 있다. 전체 소설 10장 중 1장부터 6장까지는 "조선의 피를 받고 탄생하였으나", "왜정 시대의 침략하에 13대나 계승하였던 유산과 족보를 버리고 그가 18세 되는 봄에 청운의 뜻을 품고 만주로 뛰어"간 주인공 삼길을 중심으로 이야기가 전개된다. 그리고 7장부터 9장까지는 주인공 못지않은 존재감을 가진 조역 마사키 준코(강복순)를 중심으로 이야기가 펼쳐진다. 숨 가쁘게 달려온 이야기들이 끝을 맺는 마지막 장을 제외하면, 분량 면에서 가장 비중 있는 것은 역시 주인공 삼길의 서사다. 그러나 이 소설 전체를 규율하는 민족주의적 상상력은 복순의 서사에서 더 뚜렷하게 알아볼 수 있다.

복순의 서사가 전통적인 '영웅소설' 장르 문법을 활용하고 있다면, 삼길의 서사는 서구에서 기원한 '탐정소설(=추리소설)'과 '과학소설' 장르 문법을 활용하고 있다. '과학탐정소설'이라는 알쏭달쏭한 명칭은 작중에서 삼길이 '탐정' 역할을 하는 '과학자'라는 데서 따온 것으로 보인다. 그런데 셜록 홈

즈식 추리소설에 익숙한 오늘날 독자에게 『방전탑의 비밀』은 도무지 탐정소설처럼 보이지 않는다. 밀실 살인도, '도둑맞은 편지'도 없는 이 소설에서 삼길은 무엇을 밝히는 '탐정'인가?

　　'이렇게 깊이 땅속에다 무엇 하러 터널을 만들었을까? 또 한 마굴을 만들었을까? 괴상도 하다. 좌우간 여기까지 왔으니 이 비밀을 끝까지 탐정하여 보자!'

'탐정'하면 흔히 범죄의 수수께끼를 푸는 직업을 가진 인물을 떠올리게 된다. 사설탐정과 경찰처럼 말이다. 그러나 애거사 크리스티의 마플 여사나 G. K. 체스터턴의 브라운 신부만 보아도 알 수 있듯, 추리소설의 탐정은 직업이 아니라 행동에 의해 규정되는 인물형이다. '드러나지 않은 사정을 살펴 알아내는 일(探偵)'을 하는 사람이 곧 탐정인 것이다. 그러니 숨겨진 비밀을 독자에게 폭로하는 삼길의 서사에도 '탐정소설'이라는 명칭은 어울린다 하겠다.

　이 소설에서 삼길이 '탐정'하여 밝혀내는 것은 좁게는 만영(滿映)과 관동군의 비밀, 넓게는 만주국이 상징하는 식민지의 실체다. 조선 출신 엘리트 청년 삼길은 1944년 가을, 예기치 않게 '이국땅' 만주국 신징(新京)으로 건너와 '신징에서도 제일 화려한 만영회사'에 입사하게 된다. 그런데 뜻밖에도 악명 높은 아마카스가 이 회사의 이사장이라는 것을 알고, 삼길은 여기 어떤 비밀이 숨겨져 있음을 직감한다.

> 삼길이는 그놈의 역사를 너무나도 잘 알고 있었다. 그러나 지금 현재 삼길이의 눈앞에 앉아 있는 그 인물은 분명한 아마카스 헌병 대위가 아니고 누구냐! 삼길이는 자기 눈을 의심하였다.
> '이 아마카스가 이사장? 이상한 일도 있다. 그 잔인하고 악독한 놈이 이러한 문화 기관의 책임자가 되다니……? 하여튼 이 회사는 흥미 있는 회사다.'

만주영화협회와 아마카스 이사장은 모두 역사적 실존 조직·인물이다. 때문에 『방전탑의 비밀』은 사실감 있고 설득력 있게 위와 같은 질문을 제기하면서 소설 초입부터 흡입력을 발휘할 수 있었다.

작중에 서술된 아마카스의 약력은 실제와 상당히 일치한다. 실제로 아마카스 마사히코(甘粕正彦)는 군인 출신으로 2대 만주영화협회 이사장에 취임했다. 그는 1923년 간토 대지진 당시 헌병 대위로 재직하고 있을 때 무정부주의자 오스기 사카에를 살해한 '아마카스 사건'으로 이미 악명이 높았는데, 출옥 후 만주국으로 선너가 도이히라 겐지(소설에 T 대좌로 등장) 등과 함께 만주국 건국·경영에 깊이 관여했던 바 있다. 만주국 경무사 사장, 만주국협화회 총무부장 등을 거쳐 아마카스가 만주국에서 마지막으로 역임했던 자리가 바로 만 주영화협회 이사장이다.

그런데 군인 출신으로 영화와는 무관한 경력을 가진 아마 카스가 영화제작회사의 이사장으로 부임한 것이 언뜻 보기에 는 부자연스러워 보이기도 한다. 삼길 역시 그러한 의문에서 출발한 끝에 결국 만영의 '비밀'을 탐지하기에 이른다.

> "삼길 군! 자네가 들어온 이 지하실에는 일본에서도 제일 유명한 기술 장교들이 모여 최신 과학 병기 연구에 몰두하고 있네. 그리고 자네도 여기에 오면서 보았는지 모르나 이 지하 실에는 특수 무전 장치가 있어서 도쿄 대본영(大本營)과 직 통 전화가 됨은 물론이고 단파 무전기를 이용하여 대동아 권 내의 전황을 비밀 암호로 수전(受電)하여 매일매일 이 정보 를 종합해서 사령부에 제공한 다음 관동군 작전에 유리하도 록 인도하고 있네—. 그리고 만주국 내에 있는 병기창(兵器 廠)과 군수 공장하고도 비밀 전화선이 배선되고 있네, 하하."

삼길은 놀랍게도 만영회사 아래서 '최신 과학 병기 연구'가 진 행되는 비밀지하실을 발견한다. 병기의 실제 제작과 활용에 필요한 모든 정보망까지 물샐틈없이 갖추고, '대동아전쟁의 필승'을 향한 야욕을 노골적으로 뿜어내는 이 공간이 하필 만영 아래 존재한다는 설정은 펜이 곧 칼이라는 제국주의의 '비밀'을 폭로한다.

실제 만주영화협회는 중국 대중에게 일본제국의 이데올로기를 선전하는 문화적 식민사업을 수행하던 조직이었다. 1930년대 후반에 들어 일본은 영화를 국가이데올로기 선전 매체로 간주하여 본격적으로 통제하기 시작했다. 그런데 일본에서 영화통제정책이 실시된 것은 1939년 이후, 식민지 조선에서 영화통제체제가 성립된 것은 1940년 이후의 일이다. 이에 비해 '괴뢰국가' 만주국에서는 1937년 설립된 만주영화협회를 통해 일본 본토보다도 2년 앞서 영화통제정책이 시행되고 있었다. 이 만주영화협회를 보다 철저한 이데올로기 선전 조직으로 정비한 것이 1939년 11월 이사장으로 취임했던 아마카스다. 그는 "만영의 근본임무란 한마디로 만주국에서 문화정책의 첨병으로 국책수행의 일익을 담당하는 데 있다"[1]고 하며, 영화를 철저하게 국책 선전 수단으로 규정했다.

이와 같은 만영의 역사와 만영에 미친 아마카스의 영향력

1) 甘粕正彦, 「満州映画の任務と満映」, 『滿洲行政經濟年報 昭和十八年版』, 日本政治問題調査所, 1943, 203면.(이준식, 「일본 제국주의와 동아시아 영화네트워크-만주영화협회를 중심으로」, 『동북아역사논총』18, 농북아역사재단, 2007, 254면에서 재인용)

을 고려하면, 만영 지하에 일본군 비밀 병기 연구실이 존재한다는 설정은 그렇게 황당무계하게도 느껴지지 않는다. 영화가 이데올로기 선전의 '무기'였다는 의미에서, 만영 자체가 바로 '병기 연구실'이기도 했으니 말이다. 이러한 과거로 인해 만영에 대한 연구는 일본에서도 금기시되다 1994년 관련 자료가 대거 발굴되면서야 비로소 활발히 진행될 수 있었다고 한다.[2] 이처럼 전문 연구 영역에서도 오랫동안 잊혀 있던 만영을 사실감 있게 묘사한 부분들이 『방전탑의 비밀』을 읽는 재미를 더해준다. 상영부, 제작부, 검열부, 연구소 등 회사 조직에 대한 구체적 언급이나, 만영 출신으로서 아시아 전역에서 명성을 얻었던 스타 배우 리샹란의 이름 등이 본문에 자연스럽게 등장하는 점도 사실감을 배가해준다.

『방전탑의 비밀』은 만영의 '비밀'뿐만 아니라 신징과 만주국의 '비밀'도 드러내 보인다. 저자는 서언에서 삼길을 "18세 되는 봄에 청운의 뜻을 품고 만주로 뛰어" 간 청년으로 소개했던 바 있다. 이 시대에 만주는 어떤 곳이었고, 만주에서 전도유망한 조선인 청년이 품을 수 있었던 '청운의 뜻'은 어떤 것이었을까?

2) 김려실, 「만주영화협회의 '계민영화(啓民映畫)' 연구-'국민국가 만들기 프로젝트'를 중심으로」, 『영화연구』 57, 한국영화학회, 2013, 5면.
3) 정종현, 「근대문학에 나타난 '만주' 표상-'만주국' 건국 이후의 소설을 중심으로」, 『한국문학연구』 28, 동국대학교 한국문학연구소, 2005, 15면.

식민지 시기 만주는 조선인 유이민과 독립운동가가 뿌리 내린 삶의 공간이었고, 역사적으로는 고구려로 대표되는 민족의 옛 영광이 서린 고토(古土)로 여겨졌다.[3] 이러한 인식은 『방전탑의 비밀』에서도 선명히 보인다.

> 여기는 조선에서 가장 가까운 통화성 어느 조선 이민 부락이다. 한일합병 당시부터 조선의 혁명 투사들은 이 산골짝 통화성에 뿌리를 박고 조선 독립을 위하여 싸워 왔던 것이다. 그네들은 악독한 일본 헌병대에 얼마나 귀한 피를 백두산 변두리에 흘렸는지⋯⋯. 유구 천만년을 두고 이 성스러운 피야말로 우리 삼천만의 영원한 독립 국가의 번창을 위하여 살아 있을 것이다. 남만주 일대는 그 옛날 고구려의 혼이 있는 땅이다. 그리고 영원히 조선의 혼과 뼈가 묻힐 땅이다.

독립투사가 흘린 피와 고구려의 혼이 서린 만주를 '영원히 조선의 혼과 뼈가 묻힐 땅'으로 호명하는 데서 굴절된 제국주의적 팽창의 욕망을 읽어낼 수도 있을 것이다. 이처럼 만주를 민족의 '성지'로 격상시키고 정당한 소유권을 주장하는 표상은 복순을 중심으로 한 독립영웅 서사에서 또렷하게 부각된다.

그러나 삼길 같은 청년이 '청운의 뜻'을 품고 뛰어갔던 만주국의 이미지는 이와는 또 달랐다. 1932년 만주국 건국 당시부터 일본은 '왕도낙토'와 '오족협화'를 내세워 만주국을 철저하게 유토피아로 선전해나갔던 바 있다. 이로 인해 당시의 조선인들에게 만주국은 식민지에서는 불가능한 출세와 축재(蓄財)의 기회가 흘러넘치는 가능성의 땅으로 인식되기도 했다. 그중에서도 만주국 수도 신징은 만주국=유토피아 이미지를 강화하는 데 중대한 역할을 했다. 일본 본토보다도 더 근대적이고 화려한 신징의 도시 경관이 기회를 꿈꾸는 사람들을 쉽게 매료시켰기 때문이다.

『방전탑의 비밀』도 매혹적인 근대 도시 신징의 모습을 인상적으로 묘사해 보인다.

때는 벌써 가을이 다 가고 겨울이 왔다. 만주에서는 11월 초순이면 눈이 내린다. 오늘도 삼길이는 눈 내리는 아침 털외투를 입고 요시노마치(吉野町) 전차 정류장에서 전차를 탔다. 만영회사는 신징 시내에서 뒤떨어진 고기가이(洪熙街)라는 교외에 있었기 때문에 삼길이는 매일매일 전차로 통근하였다. 오늘도 전차 속은 초만원이었다. 약 20분간을 흔들리며 신징 시내를 지나 고기가이 정류장에서 전차를 내리고 회사로 들어가려 할 때 뒤에서 누가

"삼길 씨! 삼길 씨!"

하고 달려오며 삼길이를 부르는 소리가 난다. 삼길이는 걸

음을 멈추고 뒤를 돌아다보았다. 달려오는 사람은 같은 사무실에 있는 타이피스트 후지노 나오코라는 금년 열아홉 살의 일본 처녀였다.

신징은 가장 먼저 전차와 타이피스트의 도시로 그려진다. 『방전탑의 비밀』에는 광활한 평야를 누비는 마적이나, 중국인의 등쌀에 시달리며 궁핍한 생활을 이어가는 조선 농민들처럼 이전에 '만주' 하면 떠오르던 이미지들이 등장하지 않는다. 대신 이곳은 제국과 식민지를 가로질러 뻗어 나간 제국 철도의 축도 같은 전차가 구석구석을 연결하는 서구적인 시가지로 묘사된다. 이 시가지를 채운 사람들은 교외로 통근하는 화이트칼라 회사원들이거나 타이피스트라는 신식 직업을 가지고 당당히 행세하는 젊은 여성이고 말이다.

그런데 만영 아래 존재하는 관동군의 '마굴'을 폭로하면서, 소설은 동시에 신징의 이면도 차차 드러내 보인다. 예컨대 이 소설에서 마차부, 인력거꾼, 요릿집 종업원처럼 하류계층으로 등장하는 토착인 만인(滿人)들은 어두컴컴하고 음침한 동네에 사는 것으로 묘사된다. 가로등이 빛나고 서양식 건물이 질서정연하게 늘어선 근대식 시가지와, '어두컴컴한 가옥이 첩첩으로 즐비한' 만인의 동네는 시각적으로 극명하게 대조된다. 『방전탑의 비밀』은 이처럼 대조되는 배경을 통해 제국의 문명이 피지배자를 배제한다는 사실을 감각적으로 보여준다. 그러나 이곳이 제국이 내세운 문명에서 소외되어 있다는 바로 그 사실로 인해 조선인 비밀결사의 활농 공간이 될 수 있었다는 점도 눈길을 끄는 대목이다.

『방전탑의 비밀』이 신징의 허상을 벗겨내는 가장 인상적인 대목 중 하나는 '저녁의 거리' 다마루를 묘사한 부분이다.

> 신징 역두에서 내려 오른편으로 1마장쯤 가면 '저녁의 거리'가 전개된다. 신징에 오고 가고 하는 사람은 아무래도 한 번씩은 구경하는 '저녁의 거리'다. 으스름한 달밤 길거리에 오고 가고 하는 손님들을 맞으려고 수많은 마처(馬車)와 양처(羊車)는 거리거리에서 이상한 고함을 지르고 있다.
>
> "닌샹나얼취(당신 어디 가시오)?"
>
> "워샹다마루 슈관칸칸취(나는 다마루에 있는 '저녁의 거리'를 구경하러 가오)."
>
> 하면
>
> "지다오, 지다오(알았습니다, 알았습니다)."
>
> 하고 마부들은 '저녁에 꽃피는 거리'로 안내를 한다. 그러나 국제 마도(魔都) 신징의 '저녁의 거리'가 그 이면에 무슨 독소를 내포하고 있을 것인가? 아무래도 그 '저녁에 꽃피는 거리'를 거닐면은 일본, 조선, 만주의 3계단으로 집집이 나뉘

어 있는 것을 알 것이다. 그중에서도 조선인 경영의 여관이 너무나 많고 '꽃피는 아가씨'의 대부분이 조선 출신이라는 놀라운 사실은 비단 신징의 밤거리뿐만이 아닐 것이다.

당시 만주국으로 흘러든 많은 조선인도 삼길처럼 '청운의 꿈'을 품고 있었을 것이다. 끝까지 '왜놈들의 주구'가 되기를 거부했던 삼길과 달리, 아마카스의 요구처럼 '조선 사람이란 개념을 버리고' 기꺼이 '황국 신민'이 되어 존재가치를 증명하려 했던 이들도 있었을 테고 말이다. 그러나 '오족협화'를 내세웠던 만주국에서도 제국-식민지의 위계질서는 흔들리지 않았다. 민족별로 구획된, 또한 그 대다수가 명실상부한 식민지 조선 출신으로 채워져 있는 '저녁의 거리' 경관은 제국-식민지 간 착취 관계를 직관적으로 보여주는 이미지 중 하나다. 삼길이 되지 못한 더 많은 조선인들이 마주친 신징은 문자 그대로 '마도(魔都)', 악의 소굴 같은 도시로 나타난다. 조선 출신 여성들이 이 '이국땅' 문명 도시의 밑바닥 성 산업으로 흘러들어가는 사이, 다른 식민지인들은 어디로 흘러 들어갔을까? 『방전탑의 비밀』은 그 전말을 보여주지는 않는다. 다만 '꽃피는 아가씨'가 된 이들과 마찬가지로, 조선을 떠날 때 꿈꿨던 그 자리에 있지는 못했을 것 같다는 쓸쓸한 상상이 든다. 이처럼 신징으로 내포되는 만주국이 식민지인의 유토피아가 아

185

니라, 식민지인이 굴러떨어지는 악의 소굴이라는 '비밀' 역시
『방전탑의 비밀』이 '탐정'해낸 진상이다.

이로써 『방전탑의 비밀』은 일제 밀기 만주국에 씌워졌던
유토피아 이미지를 효과적으로 해체한다. 그리고 후반부 복
순의 서사를 통해 만주를 독립투사의 활동무대로 부조함으
로써 1949년 대한민국에 '필요한' 만주 이미지를 적극적으
로 형성해나간다. 이처럼 낡은 표상체계를 해체하고 새로운
표상체계를 만들어내는 문화적 작업 또한 『방전탑의 비밀』이
참여한 중요한 흐름 중 하나다.


## 3. 과학입국(科學立國)의 민족 영웅

삼길의 서사에서 '탐정소설'적 성격이 '진상을 추구하는 탐
정'이라는 캐릭터성을 중심으로 느슨하게 구현된다면, '과학
소설'적 성격은 모티프와 문법 전체에서 더 촘촘하게 구현되
는 편이다. 특히 방공 무기 방전탑의 과학적 개발과정과 이 신
기술이 변화시킬 미래를 향한 대체역사적 상상력이 소설의
중심이라는 점에서, 『방전탑의 비밀』은 한국 과학소설의 계
보 안에 제자리를 찾아줘야 할 작품이기도 하다.

오늘날의 독자에게 '탐정소설'보다 '추리소설'이 익숙한

것처럼, '과학소설'도 'SF(Science Fiction)'로 바꿔 말하면 그 감각이 더 분명히 와닿을 성싶다. 추리소설과 과학소설은 둘 다 19세기 후반 유럽에서 기원하여 세계적 규모로 독자를 확보했던 대중문학 장르다. 이 두 장르는 거의 비슷한 시기에 나란히 전성기를 누리기도 했다. 대체로 고전적 추리소설의 황금기는 양차 세계대전 사이인 1920~30년대라 이야기된다. 마찬가지로 고전적 SF의 전성기로도 1920~40년대를 꼽는데, 추리소설의 중심지가 유럽과 미국이었던 데 비해 SF의 중심지는 미국이었다는 점이 약간 다르다고 하겠다.

　이 두 장르는 한국에도 비교적 빠르게 소개되었다. 1900년대부터 추리소설과 과학소설이 한국에 소개되기 시작했는데, 당시 대중의 흥미를 자아내는 데 초점을 맞췄던 추리소설과 달리 과학소설은 일종의 시대적 사명감을 구현한 장르로 받아들여졌다는 데서 이채를 띤다. 과학소설은 그 명칭처럼 '과학'을 둘러싼 관심을 중심으로 형성된 장르다. 그런데 과학소설이 소개되던 1900년대에 과학은 근대화와 부국강병(富國强兵)을 성취할 가장 중요한 '무기'라 여겨지고 있었다. 이처럼 근대화가 지상과제로 내걸린 시대에 과학소설은 과학-문명의 중요성을 대중에게 일깨우는 수단으로 도입된 측면이 있다. 그러나 쥘 베른, H. G. 웰스처럼 과학기술을 둘러싼 풍부한 상상력을 구현한 작품들이 1900년대부터 번안·

번역을 통해 조금씩 소개되었음에도, 한국에서 과학소설의 창작은 그리 활성화되지 않았다.

그간 한국 최초의 창작 과학소설은 1929년 발표된 김동인의 「K 박사의 연구」라 생각되고 있었다. 그런데 최근 제출된 연구에 따르면, 1921년 발표된 정연규의 『이상촌』이 「K 박사의 연구」에 앞서 과학소설의 요건을 두루 갖췄다고 한다.[4] 그러나 이 작품으로 한국 과학소설의 시작을 8년 앞당긴다 하더라도, 식민지 시기 과학소설의 계보는 풍성하지 못한 편이다. 실제로 미국에서 과학소설이 전성기를 구가했던 1920~40년대에 아이러니하게도 과학소설의 한국 유입은 거의 끊기는 지경에 이르렀다고도 한다. 이렇게 식민지 시기~해방 공간에서 '단절'되었던 과학소설은 분단 이후 남한에서는 주로 아동 문학을 중심으로 형성되었다는 인식이 일반적이다.[5]

만일 그렇다면, 『방전탑의 비밀』은 이처럼 끊겼던 한국 과학소설의 계보를 잇는 중요한 거점인 동시에 성인 독자를 대상으로 한 대중문학 작품이라는 점에서 주목할 만하다. 특히 전쟁 병기에 관한 상상을 과거 식민지 조선의 현실 안에서 설득력 있게 형상화했다는 점에서, 『방전탑의 비밀』은 '부국강

4) 모희준, 「정연규의 과학소설 『이상촌』(1921) 연구」, 『어문론집』 77, 중앙어문학회, 2019.
5) 이지용, 「한반도 SF의 유입과 장르 발전 양상」, 『동아인문학』 40, 동아인문학회, 2017, 165-168면.

병'이라는 초창기 과학소설의 목표를 분명히 성취해 보인다. 근대 초기 과학소설을 소개했던 이들이 염원했던 '민족 영웅으로서의 과학자'상은, 거의 50여 년의 시간을 지나 『방전탑의 비밀』의 삼길을 통해 비로소 완성되었던 것이다.

방전탑 개발 서사는 삼길이 '꿈과 같은' 연구 과제를 떠맡게 되는 데서 시작한다. '대동아전쟁'에서 패색이 짙어지자 일본군은 신병기 개발에 전력을 쏟게 된다. 상황이 너무 절박하여 일본인이고 아니고를 가리며 인재를 등용할 여유가 없어진 탓에, 삼길은 이 비밀 연구실 최초의 조선인 기술자로 '징용'당한다. 그에게는 3개월 내로 전투기를 '몇천 대든지 한꺼번에 추락시킬 수 있는 기계를 발명'하라는 실현 불가능한 과제가 부여된다. '마굴'에 드나들며 이 과제와 씨름하는 사이, 삼길은 방공 병기를 설계하라는 임무를 받고 지하실에 들어온 이들이 기한을 넘기면 모두 살해당한다는 사실을 깨닫게 된다. 이처럼 막다른 골목에 몰린 삼길은 방전(放電)을 이용해야 한다는 영감을 얻고 마침내 연구의 돌파구를 얻는다.

이 과정에서 삼길이 방공 무기 설계에 제기된 문제에 대해 각각 '합리적'이고 '과학적'인 해결 방안을 상세하게 내놓는 부분은 『방전탑의 비밀』의 '과학소설'적 백미에 해당한다. 예컨대 막대한 소요 전력은 북선(北鮮)과 남만주 일대에 산재한 발전소의 전력을 집중시키는 방전국을 건설하여 해결하고, 이렇게 집중된 전력은 흥남 소재 공장의 특수고압 변압기를 통해 승압하며, 사이클로트론이라는 첨단 기계를 이용해 고주파 전파를 만들어내고, 이 전파를 입체가으로 전기하는 장치로 방전탑을 건설한다는 것이다. 중간중간 '자세한 이야기는 생략'하는 부분이 섞여 있기는 해도, 독자가 소설을 읽으며 이 '과학적' 상상을 구석구석 즐기기에는 부족하지 않은 것 같다.

방전탑 개발을 중심에 둔 과학 서사는 철저하게 민족주의적 열망에 의해 추동된다. 삼길이 일본군이 내준 불가능한 과제에 매달리는 이유는 '왜놈들한테 이용당하'고만 있다가 '개죽음' 당하기 싫어서가 아니다. 만일 자기 안위가 중요했다면 설계도를 넘겼을 테니 말이다. 삼길은 부분적으로는 일본 사람도 못하는 것을 조선 출신이 할 수 있겠냐는 자극에 반응하여 연구에 매진했고, 처음부터 방전탑을 일본 영토(만주)가 아닌 조선 백두산에 세우겠다는 복안을 가지고 있었다. 방전탑 설계에 큰 영감을 준 것이 다름 아닌 '백두산 벼락 귀신'이라는 점도 상당히 이채롭다. 삼길은 '10년, 20년 후에는 반드시 우리나라에서 실현'하겠다는 열망으로 방전탑 설계도를 암호식 상자에 감춘다. 후에 이 설계도는 복순이 몰래 훔쳐내어 무사히 독립한 조선의 품으로 들어가게 된다. 그리고 이 설계가 마침내 실현되어 방전탑이 건설되는 것은 삼길의 희망대로 통일된 한국에서의 일이다.

식민지 시기에 과학소설이 그리는 세계는 현실과 무관한 판타지로서가 아니라 근미래에 대한 합리적 '예언'으로 받아들여졌던 바 있다. 예컨대 1920년대에 H. G. 웰스의 소설들은 "'프레리오'의 비행기가 영불해협을 횡단하기 전에 '공중전쟁'을 저작하여서 비행기 시대가 올 것을 예언하여 적중하고 또 구주대전이 발흥되기 전에 '세계해방'이라고 하는 소설을 써서 구주전쟁을 예언했다."[6]는 견지에서, 즉 미래를 미리 그려 보였다는 견지에서 가치를 인정받곤 했다.[7]

『방전탑의 비밀』의 저자 역시 과학적 토대에 근거해 미래를 '예언'하려 한다. 삼길이 발명한 방공 병기에 힘입어 대한민국, 나아가 통일 한국이 세계 다른 국가에 뒤지지 않는 부강한 국가로 발전하는 미래 말이다. "과학 아닌 과학으로써 꿈얘기를" 하겠다는 저자의 말은 이러한 맥락에서 새길 필요가 있다. 저자 역시 방전탑이 정말 실현 가능하다고는 말하지 않는다. 그러나 '방전탑이라는 망상', "삼길이의 몽상"은, 과학소설의 '과학'이 이미 알려진 과학의 한계를 돌파하는 과학,

6) 벽오동, 「현대의 과학소설」, 『매일신보』, 1925.12.13.(한민주, 「인조인간의 출현과 근대 SF 문학의 테크노크라시」, 『한국근대문학연구』 25, 한국근대문학회, 2012, 420면에서 재인용)
7) 한민주, 「인조인간의 출현과 근대 SF 문학의 테크노크라시」, 『한국근대문학연구』 25, 한국근대문학회, 2012, 418~421면.

즉 미래로 진보하는 과학이라는 맥락에서 가치를 얻을 수 있다. 이와 같은 미래의 과학에 관한 감각이야말로 지금은 가능하지 않은 것이 가능할 수 있다는 전망을 독자에게 주는 것이다.[8] 이러한 의미에서 『방전탑의 비밀』은 과학소설의 정수를 담고 있다.


## 4. 만주에서 귀환하는 독립투사들, 그리고 통일의 비전

『방전탑의 비밀』에서 주인공만큼이나, 어쩌면 주인공보다 더 돋보이는 조역이 아마카스 이사장 비서로 등장하는 마사키 준코다. 소설 중반부까지만 해도 마사키의 존재감은 적극적으로 삼길에게 접근하는 타이피스트 후지노 나오코에게 가려 미미해 보인다. 그러나 삼길이 목숨의 위험에 처했을 때 마사키가 그를 구해주면서, 마치 삼각관계 로맨스처럼 흘러가던 서사는 인상적으로 돌변한다. 평범한 일본 여성인 줄만 알았던 그녀의 본명은 강복순, 암호명 'XY 27'로, 아마카스 일당이 두려워하던 '대한비밀결사단'의 '책임자'였던 것이다. 강복순과 그녀의 오빠 강용갑의 서사를 전면에 내세우면서, 『방전탑의 비밀』 후반부는 일본군에 맞서 싸운 만주의 독립투사

8) Brooks Landon, *Science Fiction After 1900*, Routledge, 2002, p.32.

이야기에 초점을 맞춰 마지막 흡입력을 발휘한다.

복순은 삼길보다 더 흥미롭고 풍부한 역사를 지닌 인물이다. 삼길의 경우 만주로 오기 전 과거는 알려지지 않는다. 삼길이 서사 진행과 함께 정체성을 형성해나가는 인물이기 때문이다. 이에 비해 복순의 정체성은 복순의 과거 이력에 의해 한번 결정된 후로는 변화하지 않는다. 복순 남매의 이야기는 1931년, 일본이 '만주 침략의 독아(毒牙)'를 갈던 때로 거슬러 올라간다. 장쭤린 암살 후, 이주 조선인 부락이 뿌리 내리고 있던 만주 통화성에 마침내 일본군의 총화(銃火)가 닿았을 때다. 연일 학살과 방화가 이어지는 가운데, 한 조선인 부락은 강팔성이라는 부락장을 중심으로 왜군에 맞서 일어선다.

『방전탑의 비밀』은 이 부락이 무장 일본군에게 잔인하게 점령당하는 장면을 인상적으로 묘사한다. 총칼 앞에 도리가 없어 쓰러지는 조선인 민병들, 그리고 포로가 되어 잔혹한 고문을 당하고 죽어가는 강팔성에 대한 자세한 묘사는 민족적 울분과 일본에 대한 반감을 강렬하게 자극하며, 동시에 예정된 복수에 대한 독자의 기대감을 고조시킨다. 복순의 정체성은 이 과거에 의해 "원수를 갚을 사람"으로 확고하게 결정되어 있었던 것이다.

아버지의 원수=공동체의 원수라는 관습적 설정은 당시의 한국 독자들에게도 굉장히 익숙했다. 『유충렬전』으로 대표되는 조선조 영웅소설에서 빈번히 사용된 설정이기 때문이다. 그런데, 이 고소설들은 식민지 시기에도 구활자본으로 대량 인쇄되어 꾸준히 독자와 만나고 있었다. 그러니 서구에서 기원한 탐정소설이나 과학소설 장르 문법을 활용한 삼길의 서사가 『방전탑의 비밀』에 '새로운' 재미를 더해주었다면, 기존 독자에게 익숙한 영웅소설 장르 문법을 활용한 복순의 서사는 '이미 아는' 재미를 더해주었다고 하겠다.

『유충렬전』에서 전형적으로 보이듯, 아버지의 원수가 공동체(나라, 민족)의 원수일 때 개인의 복수는 공동체의 대의를 대리하는 공적 행위로 격상되곤 한다. 『방전탑의 비밀』은 강팔성을 살해한 헌병대 대장이 조선인 탄압으로 악명이 높았던 아마카스였다고 설정함으로써 이 익숙한 관습을 수용한다. 따라서 복순 남매의 복수가 개인적 암살 기도 등으로 실현되지 않고, 대신 관동군 파괴·배일사상 전파라는 대의 아래 '민족의 복수'까지 수행하는 비밀결사 활동을 통해 이뤄지는 것은 어쩌면 당연한 일이다.

그런데 다른 영웅 서사와 나란히 놓고 볼 때, 이 복수의 주역이 딸 복순이라는 점이 눈여겨볼 만하다. 대개 아버지의 복수를 갚는 것은 아들이기 때문이다. 이 경우라면 강팔성의 맏아들 용갑을 주역으로 세우는 것이 익숙한 발상이다. 그러나 『방전탑의 비밀』은 처음부터 끝까지 복순을 복수의 주역으로 그려 보인다. '대한비밀결사단'의 '수괴' 복순의 활약은 눈이 부실 지경이다. 복순은 아마카스 이사장 바로 곁에서 물샐틈 없는 감시의 그물을 펼쳤고, 그 결과 삼길이 민족의 미래에 큰 힘이 될 신무기를 발명해냈다는 사실까지 즉각 간파하여 그 설계도가 일본군의 손에 들어가기 전 빼돌리는 것은 물론 위험에 처한 삼길까지 구출해낸다. 그녀의 지시 아래 삼길은 무사히 통화성 조선인 부락으로 옮겨져 목숨을 보전할 수 있었다.

이 소설의 클라이맥스인 긴박한 액션 신의 주인공 역시 복순이다. 1945년 4월 초순, 일본 본토는 물론 만주에서도 연합군의 공습으로 패배가 임박했을 때 아마카스 이사장은 관동군 간부들을 소집하여 비밀회의를 연다. 그 절호의 기회를 노려 복순은 마침내 염원했던 복수를 실행한다. 복순은 먼저 독을 탄 찻잔을 돌린 후, 방의 불을 끄고 아직 죽지 않은 만주국 고관들에게 피스톨을 발사한다. 그리고 몰려드는 헌병대를 피해 달아나다 허벅지에 총상을 입게 된다.

다만 아쉽게도 아마카스 이사장은 복순의 총에 죽진 않는다. 『방전탑의 비밀』은 아마카스의 최후를 실제 역사에 최대한 가깝게, 즉 일본의 패배 직후 "만영회사 이사장실에서 음독자살하였다는 뉴스"로 처리한다. 그러나 관동군 장교, 경무청 총감 등 침략 일선에 섰던 "악독한 왜놈들"을 일거에 죽임으로써, 그녀의 복수는 충분히 성취되었다고 하겠다. 서술자는 이를 다음과 같이 재차 강조한다.

> 오, 복순이는 아버지의 원수, 조선의 원수를 갚았다. 조선
> 의 피도 살았다. 그 옛날 안중근 의사도 하얼빈 역두에서 동양
> 의 원수 이토 히로부미(伊藤博文)를 죽였고 다시 근대에 와
> 선 XY27인 강복순이는 아버님의 원수, 조선의 원수를 갚고
> 부상하였다. 얼마나 장한 일이냐! 그리고 통쾌한 일이냐!
>
> 그 이름은 천추만대에 걸쳐서 빛날 것이다.

이처럼 『방전탑의 비밀』 후반부는 XY27 강복순이라는 여성
영웅을 전면에 내세우며 끝난다. 이후 무사히 구출된 복순은
통화성에서 삼길과 재회하지만, 해방을 맞아 다시 헤어질 운
명에 처한다. 복순의 고향은 함흥이고 삼길의 고향은 호남이
므로 두 사람은 조선에 귀환하면 오히려 더 멀어지는 것이다.
이를 슬퍼하며 삼길과 복순은 언젠가 꼭 다시 만나기로 약속
하고 정표를 교환한다.

그 후 이들이 마침내 다시 만나는 순간은 참으로 묘하다.
소설은 신징을 떠나 조선으로 돌아온 이들의 행방을 구체적
으로 그리지 않는다. 정확히 말하면 복순과 용갑의 행방을 완
전히 암흑 속에 남겨둔다. 삼길은 홀로 "운명은 너무나도 야
속하다", "그리운 사랑 복순이를, 그리고 용갑이를 언제 또 다

시 만날 수 있으랴!"는 한탄을 되풀이하다 "1948년 8월 15일 새로운 조선의 나라 대한민국이 탄생됨"을 기쁘게 맞는다. 작중에는 분명히 표현되지 않았지만, 실제 현실 속에서는 분단이 고착화되던 시기였으므로 함흥으로 귀환한 복순은 아마 그대로 북한에 남아 있다 1948년 9월 조선민주주의인민공화국의 '탄생'을 맞았을 것이다. 그런데 이 시점에서 『방전탑의 비밀』은 시간을 갑자기 빠르게 감는다. 삼길과 복순은 남북통일이 된 단기 428X년에서도 10여 년이 더 흐른 후, 삼길이 미국 유학에서 돌아온 후에야 재회한다. 그리고 삼길의 꿈이며 소원이던 방전탑이 통일 한국 국방부에 의해 드디어 백두산과 묘향산에 건설되는 것이다.

이러한 결말은 1949년이라는 출판 시점을 고려할 때 의미심장한 여지를 남긴다. 해방과 분단의 역사적 격동은 이 소설에서는 단 몇 문단으로 간략하게 처리되어 있다. 그러나 텍스트 바깥 실제 분단 현실과 밀접하게 연결된 통일 한국에 대한 비전에는 당시 대중의 생생한 감수성이 응결되어 있다. 우리가 잘 아는 대로 1945년 해방 이후 한국은 전후 처리를 둘러싸고 두 진영으로 나뉜 대립 국면으로 빠져들게 되었다. 이 복잡한 정국을 한마디로 정리할 수는 없겠으나, 가장 날 선 대립각을 보였던 것 중 하나가 통일 정부 수립에 관한 비전이다. 당시 사회주의 체제의 수장인 소련이 북한에, 그리고 자본주의 체제의 수장인 미국이 남한에 진주하면서 한반도를 둘러싼 상황은 실질적 분단으로 나아가고 있었다. 이 혼란한 정국 속에서 김규식과 여운형으로 대표되는 중도 우파 · 중도 좌파는 통일 정부 수립을 지향했지만, 이승만 측은 단정 운동을 전개하며 1946년 시점부터 분단 체제를 적극적으로 지향해나갔다. 이와 같은 대립을 통과하여 1948년 8월 15일 수립된 이승만 정부는 극단적 반공주의를 표방했고, 이러한 비전에 의하면 통일이란 전쟁에 의한 북진 통일 외에는 있을 수가 없었다.

그런데 실제로 당시 대중이 성원했던 것은 한반도 통일 정부 수립을 내세운 남북 협상 세력이었다. 이승만 정부 수립 후에도 대중은 분단 현실에 강한 반감을 보였고, 한반도는 통일되어야 한다는 '믿음'을 견지했다. 이러한 대중의 감수성과 북한을 극히 적대시했던 이승만 정부 사이의 괴리를 고려할 때, 만주 무장독립 비밀결사 출신의 복순 남매가 함흥으로 귀향하고 이들이 '언젠가' 통일이 된 후 삼길과 다시 만나 함께 통일 한국에서 살아간다는 『방전탑의 비밀』의 결말에는 생각보다 많은 뉘앙스가 응축되어 있는 것처럼 느껴진다.

물론 소설은 정확히 '어떻게' 통일이 되는지는 언급하지 않는다. 그러나 『방전탑의 비밀』이 북한으로 돌아간 이들을 독립투사 민족 영웅으로 그리는 방식에는 어떠한 진영 논리도 개입되어 있지 않다. 강력한 병기 방전탑이 마침내 건설되는 것은 남북으로 갈라졌던 삼길과 복순이 만나 결합한 통일 한국에서의 일이다. 이러한 결말에는 1949년 현재의 남한 단독 정부가 통일 한국으로 나아가는 임시 형태라는 인식이 포함되어 있다. 실제로 1950년 5·30 선거에서도 분단을 지향했던 이승만 세력은 참패하고, 대신 통일에 대한 희망을 놓지 않고 남북 협상을 주도했던 중도파 민족주의자·독립운동 출신 세력이 크게 약진했던 바 있다.[9] 이러한 맥락을 가늠할 때, 『방전탑의 비밀』은 독립투사 영웅을 중심으로 한 새로운 사회를 꿈꾸고, 민족의 화합과 통일을 염원했던 1949년 당시 대중의 정서를 생생하게 보여주는 작품으로 평가할 수 있다.


## 5. 남은 문제들

마지막으로 『방전탑의 비밀』의 저자 문제를 간단히 짚어보려 한다. 1949년 호남문화사에서 처음 출간된 『방전탑의 비밀』 저자는 '이봉권'으로 표기되어 있다. 이 소설은 이후 1961년 아동문화사에서 『(일정(日政)시의) 비밀의 폭로』라는 제목

9) 1949년을 전후한 시대상에 대해서는 서중석·김덕련, 『서중석의 현대사 이야기 1』, 오월의 봄, 2015를 참고.

으로 다시 출간되기도 했다. 그런데 1961년판 저자는 표지에 '이봉권', 판권란에는 '방인근'으로 다르게 명기되어 있다. 현재까지 알려진 바가 없는 이봉권에 비해, 방인근은 식민지 시기부터 큰 인기를 누린 대중문학 작가로 호남문화사, 대지사, 아동문화사에서도 저작을 출간한 사실이 있으므로 방인근이 실제 저자일 가능성을 고려할 수 있다.

　　방인근(方仁根, 1899~1975)은 1930년대 신문에 연재한 장편소설이 큰 인기를 얻으며 명성을 얻었고, 해방 후에도 왕성한 활동을 이어갔던 대중문학 작가다. 1975년 삶을 마감할 때까지 남긴 작품이 무려 100여 권에 달할 정도로 다작(多作)한 작가이기도 하다. 대표작으로는 『마도의 향불』(1932), 『방랑의 가인』(1933), 『인생극장』(1954), 『청춘야화』(1955) 등이 꼽힌다. 만일 『방전탑의 비밀』이 방인근의 저작이라면, 이 소설이 대중의 기호와 흥미, 감수성을 생생하게 캐치하여 쓰였다는 사실을 조금 더 쉽게 해명할 수 있을 듯하다.

만주국 오족협화(五族協和)

만주국 건국 10주년(1942년)
기념우표

만주 개척민 모집 광고
(1940년, 『아사히신문』)

협화복(協和服)

만주국을 점령한 일본군

만주국기념비

피스톨

만주국의 인기 가수이자
영화배우 리샹란(李香蘭).
본명 야마구치 요시코(山口淑子)

만주국 공공방공호

VIEW OF HSIN-CHING STATION, HSIN-CHING.
新京停車場の偉観 (新京)

신징역 전경

快速車あじあの雄姿
LIMITED EXPRESS "ASIA" OF SOUTH
MANCHURIAN RAILWAY CO.

남만주철도

신징역내

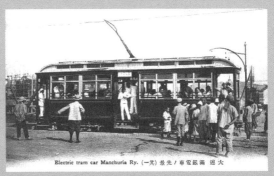

Electric tram car Manchuria Ry. (一北) 設先ノ車電繞市連大

만주국 다롄시내 트램

만주에서 활동했던 무장독립운동 단체
광정단(匡正團) 결사대원

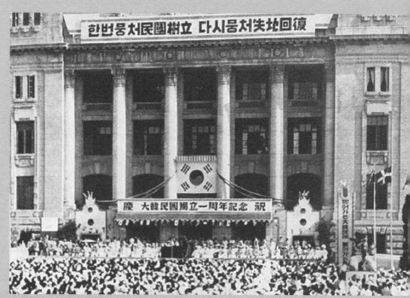

대한민국 정부 수립 1주년 기념식

한국근대대중문학총서 기획편집위원

김동식(인하대 교수)
김미현(이화여대 교수)
박진영(성균관대 교수)
이현식(한국근대문학관 관장)
천정환(성균관대 교수)
함태영(한국근대문학관 학예연구사)

책임편집 및 해제

이경림(서울대 강사)


한국근대대중문학총서 틈 01

# 방전탑의 비밀

제1판 1쇄     2019년 11월 22일

지은이        이봉권
발행인        홍성택
기획          인천문화재단 한국근대문학관
편집          양이석, 김유진
디자인        박선주
마케팅        김영란
인쇄제작       정민문화사

㈜홍시커뮤니케이션
서울시 강남구 봉은사로74길 17(삼성동 118-5)
T. 82-2-6916-4481 F. 82-2-6916-4478
editor@hongdesign.com   hongc.kr

ISBN          979-11-86198-60-5   03810

이 도서의 국립중앙도서관 출판예정도서목록(CIP)은
서지정보유통지원시스템 홈페이지(http://seoji.nl.go.kr)와
국가자료종합목록시스템(http://www.nl.go.kr/kolisnet)에서
이용하실 수 있습니다. (CIP제어번호 : CIP2019044291)